좋아 좋아

그래 그래 스님의 행복을 부르는 메시지

좋아 좋아

승한 지음

마음의숲

모든 것은 마음이 앞서가고
마음이 이끌어가고 마음으로 이루어진다.
나쁜 마음으로 말하거나 행동하면
괴로움이 저절로 따라온다.
수레바퀴가 황소 발굽을 뒤따르듯이.

〈법구경〉 중에서

시작하는 말

우주가 우리에게 준 말 "좋아 좋아!"

지금 이 글을 읽으며 "좋아 좋아!"라고 되뇌어보세요. 좋은 말이 지닌 기운과 파동을 느껴보세요. "좋아!"라고 말하면 좋아진다는 이 단순함이 복잡하고 어려운 일들을 좋아지게 합니다. 이 말은 긍정이 아닙니다. 자기계발도 아닙니다. 진리입니다. 치료입니다. 우주가 준 말입니다.

하지만 많은 사람에게 이 말은 너무 식상해져 버렸습니다. 그래서 무의식적으로 성의 없이 사용됐습니다. 말이, 딱딱한 벽돌이 되어버렸습니다. 다시 한 번 말씀드립니다. 호흡을 가다듬고, 이 말을 할 땐 마음을 담아서 해보세요.

"좋아! YES! OK!"

나에게는 물론 친구들에게, 직장상사나 부하직원에게, 그리고 말썽쟁이 자녀나 남편에게도 말해보세요. "좋아 좋아!" 그럼 분명 좋아짐을 느끼게 될 것입니다.

지는 힘듣고, 어둡고, 많이 아팠을 때 이 말을 만났습니다. 그리고 많은 용기와 힘을 얻었습니다. "좋아"의 힘을 알게 되었습니다. 세상 사람들에게 "그럴 수도 있지요"라고 말할 수 있는 너그러움이 생겼습니다. "좋아 좋아"는 먹으면 먹을수록 좋아지는 약입니다. 하면 할수록 더 좋아지는 말입니다.

이 책은 지난 2년 동안 매일 아침, 필자가 〈BBS 불교방송〉 문자서비스를 통해 독자들에게 보낸 좋아 좋아! 그래 그래! 메시지인 〈승한 스님의 '행복을 여는 힐링편지'〉를 간추려 묶은 것입니다. 저의 영적 스승이신 동사섭 행복마을 용타 큰스님의 헌신적인 가르침과 탁월한 지혜 덕분에 이 책을 집필할 수 있었습니다. 실상, 제 정신과 영혼의 팔 할 이상은 스승님의 가르침과 지혜로 가득 채워져 있습니다. 이 자리를 빌려 용타 스승님께 다시 한번 깊은 감사와 존경의 큰절을 올립니다.

이 책을 통해, "좋아 좋아"라는 말을 통해, 많은 사람이 정말 더 좋아지고 더 행복해지면 좋겠습니다. 밝은 에너지가 한가득 채워지면 좋겠습니다.

2016년 정초, 빠리사선원 행복단추학교에서

승한 두손모음

목차

1장

그래 그래

늘 의심하고 부정했던 마음이
행복해지는 말

우주는 우리에게 항상 좋은 기운을 전해주고 있습니다. 그것을 듣고 받고 받아들일 줄 아는 사람들은 늘 행복합니다. 지금 당장은 좀 어렵고 힘들어도 우주가 지닌 좋은 조미료 즉, 좋은 질료를 자신에게 불어넣으면 저절로 인생이 좋아지게 마련입니다. 이게 바로 잘 사는 사람들, 성공하는 사람들의 좋은 습관입니다. 긍정에너지입니다. 그러면 그 긍정에너지, 좋은 습관을 어떻게 받고 받아들이고 자신의 것으로 만들어가야 할까요?

아주 쉽습니다. 우선 꽃이 하는 이야기를 먼저 들어보세요. 꽃도 말을 합니다. 온몸으로요. 표정과 몸짓으로요. 꽃이 활짝 피면서 맨 먼저 하는 말이 무엇일까요? "좋아좋아!"입니다. "좋아 좋아!" 라고 말하면서 꽃은 핍니다. 분명 꽃도 지금 기분이 좋으니까 피는 것이지 기분이 좋지 않다면 절대로 피지 않을 겁니다. 꽃이 핀 것을 보고 기분이 좋아졌다면 당신은 지금 분명 꽃의 말을 듣고 기분이 좋아진 것입니다.

그 순간 당신은 자신도 모르게 우주의 긍정에너지를 받고 받아들인 것은 물론 자신도 모르게 좋은 에너지와 좋은 습관을 당신의 몸과 마음에 쌓게 됩니다. 당신의 삶이 밝고 환한 쪽으로 흘러가게 되는 것입니다. 이게 바로 삶을 성공과 행복으로 이끄는 '좋아지기 연습'입니다. 아주 쉽고 간단하지요? 하지만 아주 쉽고 간단한 이 사실이 실은 우주가 우리에게 주는 최고의 선물이자 아주 분명한 삶의 진리입니다. 우주는 그렇게 삶의 매시 매 순간 우리에게 말을 건네고 있습니다.

꽃과 바람을 통해, 구름과 눈을 통해, 새싹과 새소리, 빗소리, 눈부신 봄볕과 아침마다 들리는 어머니의 밥 짓는 소리를 통해, 새벽마다 집집이 돌아다니는 신문배달부의 힘찬 발자국 소리와 미화원의 고적한 비질 소리를 통해… 수많은 그 말씀을 통해서 우주는 매일 우리에게 좋은 말을 걸어오고 있는 것입니다. 우리는 단지 그것을 듣고 받아들이고 느끼고 긍정하기만 하면 됩니다. "좋아 좋아!"라고 맞장구치기만 하면 됩니다. 기분이 좋으면 좀 더 세게 말해도 됩니다. "쪼아 쪼아~"라고.

필요 없는 죄의식 때문에 괴로워하지 마십시오.
쓸모없는 인생은 하나도 없습니다.
심지어 고통마저도
우리를 쓸모 있는 사람으로
만들어주기 위한 담금질입니다.

삶은
지금 당장 나에게 성공하라고 강요하지 않습니다.
내가 나를 스스로 강제하고 강압하고 있을 뿐입니다.

지금 가장 싫은 사람, 미워하는 사람, 혹은 좋지 않은 상황을 떠올려보세요. 그런 뒤 이렇게 속삭여보세요. "그래 그래. 그럴 수도 있지." 말이 그래 그래지 절대로 쉽지 않습니다. 하지만 싫어도 한번만 그 사람 입장에서 그렇게 말해보세요. 그 말이 결국은 자신에게로 되돌아오는 것을 보게 될 거에요. 그리고 지금까지와는 완전히 다른 각도로 세상을 보는 아름다운 눈과 시원한 마음을 만나게 될 거에요.

출가하기 전, 저는 광주광역시에 있는 신문사에서 오랫동안 기자 생활을 했습니다. 기자 생활을 하면서 1980년, 광주 사람들이 얼마나 참혹하게 공수부대원들의 군홧발에 짓밟혔는지를 알게 되었지요. 광주시민들에게 그리고 제 가까운 주변 사람들에게 저질러진, 80년의 그날이 너무도 아팠고, 광주를 국가를 민족을 그렇게 내몬 정치와 정치인들이 너무도 미웠습니다. 그 진실과 후유증 앞에서 저는 오랜 세월 방황했고, 그런 자신을 주체할 수 없어 결국은 방탕한 삶 속으로 빠져들어 갔어요. 방향 없는 분노와 미움은 저와 저의 삶을 더욱 피폐하게 했고, 궁극에는 상실감과 자괴감으로 인한 극심한 우울증으로 제 마음과 영혼은 지하 13층 저 깊은 어둠의 밑바닥까지 떨어지고 말았습니다.

그 나락의 수렁 속에서 저를 일으킨 말이 "좋아 좋아"와 "그래 그래, 그럴 수도 있지"였습니다. 이 말은 저에게 구원의 빛이었습니다. 그 빛을 따라 지상으로 올라온 저는 행복한 출가를 결심했습니다.

그 경험과 체험을 바탕으로 지금 방황하는 청소년들은 물론 저처럼 힘든 일을 겪고 사는 분들과 함께 그 힘겨움을 함께 나누며 살고 있습니다. '기쁨은 나누면 배가 되고 고통은 나누면 반으로 줄어든다'는 말도 있잖아요. 모두 다 "좋아 좋아"와 "그래 그래"가 준 인생 선물입니다.

번개 같은 세상입니다.
천둥 같은 세상입니다.
“좋아 좋아.”
이 단순한 말 한마디가
번개 같은 마음을 바다가 되게 합니다.
“좋아 좋아.”
이 단순한 말 한마디가
천둥 같은 마음을 대지가 되게 합니다.

마음이 바쁘신가요?
“좋아 좋아.”
한번만 외쳐보세요.
한결 여유로워진 마음을 만날 거예요.
마음이 복잡한가요?
“좋아 좋아.”
한 번만 소리쳐보세요.
한결 너그러워진 마음을 볼 거예요.

기뻐도

"좋아 좋아."

슬퍼도

"좋아 좋아."

화나도

"좋아 좋아."

눈물이 나도

"좋아 좋아."

단순한 이 말 한마디가

나를 바꾸고 하늘을 바꾸고

세상을 바꿀 거예요.

자세가 좋아지면 기분이 좋아집니다.

기분이 좋아지면 마음이 좋아집니다.

마음이 좋아지면 하루가 좋아집니다.

하루가 좋아지면 인생이 좋아집니다.

이 세상에서 가장 큰 '원수'는 무엇일까요?

'생각'입니다.

그럼, 이 세상에서 가장 큰 '은혜'는 무엇일까요?

역시 '생각'입니다.

참 이상하지요?

이 세상에서 가장 큰 원수도 생각이고

가장 큰 은혜도 생각이라니!

그게 바로 인식의 전환입니다.

생각에 따라 똑같은 사람이 원수가 되기도 하고

은인이 되기도 합니다.

긍정하는 마음이 꽃피는 마음입니다.

“그럴 수도 있지요” 하는 마음이

꽃을 부르고

평화를 부르고

행복을 부릅니다.

우리의 마음은 원래 복밭福田입니다.

날마다 감사와 긍정의 물을 주지 않으면

행복과 평화의 복꽃은 피어나지 않습니다.

아무리 바빠도 날마다 자신의 복밭에

긍정의 물뿌리개로 물 뿌리는 것을 잊지 마십시오.

고맙습니다.

당신이 있어 진정 아름다운 세상입니다.

고맙습니다.

당신이 있어 진정 멋진 세상입니다.

고맙습니다.

당신이 있어 진정 살맛 나는 세상입니다.

고맙습니다.

당신이 있어 진정 행복한 세상입니다.

당신의 그 사랑 위에

조약돌처럼 작은 저의 사랑 하나도

가만히 얹어놓겠습니다.

우리 얼굴에는 미소근육과 우울근육이 있지요.
양쪽 입술꼬리를 살짝 치켜올리기만 해도
마음이 가벼워집니다.
그게 미소근육입니다.

반대로 양쪽 입술꼬리를 살짝 아래로 내리기만 해도
마음이 무거워집니다.
그게 우울근육입니다.
복바가지가 따로 없습니다.

우리 얼굴이 바로 복바가지입니다.
복바가지에 복을 가득 담으려면
바가지 꼬리가 항상 위를 향하고 있어야 겠지요?
미소근육이 바로 그 비결입니다.
지금 바로 한번 살짝, 미소근육을 지어보세요.
벌써 복바가지에 복이 가득 차지요?

아무리 힘든 상황이 닥치더라도
결코
자신을 탓해서는 안 됩니다.

남을 탓해서는 더욱 안 됩니다.
흘러가는 물처럼
"좋아 좋아!"
마음을 열고 받아들이면 됩니다.

받아들임,
수용,
그것만이 자유의 문으로 가는 통로입니다.

물도 막히면 돌아서 갑니다.
바람도 막히면 돌아서 갑니다.
아웅다웅 살아봤자 별 볼 일 없습니다.
돌아서 가는 길이 가장 빠른 길입니다.

사람이 모이는 곳이면 경쟁이 있기 마련이고,
경쟁을 하다보면 자연히 화도 나고
질투와 시기심도 일어나고
욕구불만도 생기기 마련입니다.
해결책은 오직 받아들임,
수용뿐입니다.

당신은 왜 살고 있습니까? 태어났으니까 그냥 살고 있습니까? 아니면 어떤 목적을 가지고 살고 있습니까? 하다 못해 조그만 구멍가게도 성공하기 위해서는 구체적인 목적이 있어야 합니다. 구체적인 목적을 가지고 구체적인 계획을 세워야 작은 가게도 성공할 수 있습니다. 하물며 인생이야 어떻겠습니까? 성공하는 삶을 위해서는 반드시 목적과 계획이 있어야 합니다. 단, 선한 목적과 선한 계획이어야 합니다. 선하지 못한 목적과 계획은 오히려 더 큰 악업을 낳고 맙니다. 선한 목적과 선한 계획을 세워 오늘 하루도 행복하게, 열심히 사십시오.

'오늘 하루만'의 계획을 실천해보십시오. '오늘 하루만'의 계획은 우리 삶에 놀라운 변화를 가져옵니다. 우선 오늘 하루를 24시간으로 쪼개 살 수 있으므로 많은 일을 순서에 따라 차분하게 처리할 수 있습니다. 더 좋은 것은 지금, 여기, 이 순간을 매우 충실하게 살 수 있다는 것입니다. 지금, 여기, 이 순간이 쌓여 오늘이 되고, 오늘이 쌓여 10년이 되고, 10년이 쌓여 우리 인생이 되기 때문입니다. 그러므로 지금, 여기, 이 순간에 충실하면 우리 인생도 충실한 인생이 되고, 지금, 여기, 이 순간이 행복하면 우리 인생도 행복한 인생이 되는 것입니다. '지금, 여기, 이 순간만'을 살려고 노력하는 것, 그것이 바로 '오늘 하루만'의 계획입니다.

대화를 나눌 땐 반드시
'말하는 사람 중심(화자중심)'으로 하십시오.
쉽게 말하면,
지방방송은 끄고
중앙방송에만 온전히 집중하라는 뜻입니다.

앵무새처럼,
녹음기처럼,
상대방의 말을 온전히 그대로 재생할 수 있을 만큼
상대방의 말에 온전히 귀 기울이고 공감해줄 때
인생 우등생으로 살 수 있습니다.

일류대 가는 비결은 다름 아닌
경청이니까요.
수업시간에 온전히 귀 기울여
선생님의 말씀을 듣는 것이니까요.

우리가 어떤 사람 혹은
어떤 것과도 싸우는 것을 중단할 때,
비로소 평화가 옵니다.
평온과 행복이 옵니다.
그 '어떤 사람' 속엔
우리 자신도 포함되어있습니다.
그 '어떤 것' 속엔
나와 내 것과 내 마음도 포함되어있습니다.

이미 '된 것'을 세십시오.
삶이 힘든 것은
아직도 '안 된 것'을 세기 때문입니다.
이미 된 것은 세지 않고 아직 안 된 것만 세다보니
더욱 쫓기고 스트레스 받는 삶이 되는 겁니다.

상처의 법칙은 묘합니다.

아프다고 아우성치면 아우성칠수록,

더 아픕니다.

아프지 않겠다고 도망치면 도망칠수록,

상처는 더 덧납니다.

해결책은 간단합니다.

먼저 상처를 가만히 지켜만 보십시오.

거기에 어떤 이유도 갖다 붙이지 마십시오.

그리고 상처와 즐겁게 놀아주십시오.

그러는 동안 상처는 저절로 아물기 시작합니다.

아문 상처의 모양을 가만히 바라보면

꼭 꽃잎 같을 겁니다.

바로 행복꽃입니다.

지는 것이 이기는 것입니다. 맞습니다. '나'라는 자아를 철수하는 순간, 모든 관계는 평화롭고 평등해집니다. 모든 성인들의 깨우침과 가르침은 그 한마디로 집약됩니다. 나와 관계를 맺고 사는 사람, 나와 관계를 맺고 있는 모든 물건, 대상, 환경, 조건들로부터 '나'를 한번 철수시켜보십시오. 이미 대지가 되어있는 마음을 느낄 겁니다. 이미 바다가 되어있는 심연을 느낄 겁니다. 그것이 행복입니다. 나와 남을 평등하고 평화롭게 안아줄 수 있는 마음, 사랑과 자비와 연민으로 가득 찬 마음, 개운하고 시원한 마음, 그것이 행복이고 해탈이고 평화이고 깨달음입니다.

행복해지기 위해선 먼저
자기 자신에게 말을 걸 줄 알아야 합니다.
내가 없으면 내 삶이 있을 수 없고,
내 삶이 없으면
내 행복도 없기 때문입니다.
행복의 뿌리는 나입니다.
자신에게 말 걸기가 바로 그 행복의 시발점입니다.
아침에 일어나면
먼저 침대 위에 1분 정도 앉아 마음을 모으고
"하나밖에 없는 나야, 사랑해. 오늘 하루도 잘 지내보자"
하고 말을 걸고,
저녁에 잠자리에 들 때도 무심코 잠자리에 들지 말고
침대 위에 1분 정도만 앉아 마음 모으기를 한 뒤
"하나밖에 없는 나야, 오늘도 나를 데리고 다니느라
정말 고생 많았어. 고마워"라고 말한 뒤
이부자리 속으로 들어가십시오.
꿈마저 행복합니다.

무슨 일이든 거부하고 저항할 때가 문제이지
받아들이고 나면 그야말로 평화롭고 평온합니다.
세상에 못 받아들일 일은 아무것도 없습니다.
단지, 받아들이려고 하지 않는 우리 마음만 있을 뿐입니다.
지금 화나고 참고 견디기 힘든 일을
"아, 그래" 하고 받아들여보십시오.
한결 시원해질 겁니다.
우리들의 본래 마음자리입니다.

때로는 내 입술의 30초가
상대방의 가슴에 30년의 감동이 될 수도 있고
30년의 지옥이 될 수도 있습니다.
내 작은 칭찬 한마디가
상대방의 마음을 30년 동안 살릴 수도 있지만
상대방의 마음을 30년 동안 죽일 수도 있다는 말입니다.

"옳아 옳아. 그래 그래. 그럴 수도 있어."

내 따스한 말 한마디와 눈짓 하나가
상대방의 가슴을 30년 동안 좌지우지할 수 있다는 것
잊지 마세요.
진심 어린 칭찬과 맞장구는
고래도 춤추게 하니까요.

당신은 이미 행복할 준비가 되어있다는 것을 잊지 마세요.
당신이 힘든 것은 이미 당신 안에 준비된
행복을 아직 찾지 못하고 있기 때문입니다.
사람들은 이렇게 말할지도 모릅니다.
시간이 없어서,
나는 보잘 것 없으니까,
일에 쫓겨서,
피곤해서,
삶에 지치고 힘들어서.

그러나 한 번도 시간은 당신을 쫓은 적 없고,
그 일이 당신을 짓누른 적 없습니다.
당신 스스로 그렇게 생각했을 뿐입니다.
감기에 걸려 병원에 가면
의사가 빼놓지 않고 하는 말이 있습니다.

“과로하지 말고 푹 쉬세요.”

그렇습니다.

일의 노예가 되지 말고

시간의 종이 되지 말고

틈틈이 마음의 주인이 되어 즐겁게 사세요.

오늘의 휴식이 내일의 전진과 성공을 불러옵니다.

마음에는 두 가지 마음이 있습니다.

가슴마음과 머리마음입니다.

가슴마음은 속마음이고

머리마음은 겉마음입니다.

진정한 관계를 위해선

가슴마음으로 대화하십시오.

가슴 안의 가슴으로 대화를 나눌 때

상대방도 마음을 열고

가슴 안의 가슴으로 나에게 말을 걸어옵니다.

가슴 안의 속마음으로 속삭여옵니다.

속마음을 알아주는 것이 진정한 사랑이고

진정한 관계니까요.

“그럴 수도 있지요”란 말을 잊지 마세요.
시냇물 같은 마음이 바다가 됩니다.
논두렁 같은 마음이 대지가 됩니다.

관심, 관심, 관심보다
우리의 관계를 더 깊게 하는 것은 없습니다.
관심, 관심, 관심보다
우리의 대화를 더 행복하게 하는 것은 없습니다.
관심과 경청은
한 지붕 한 가족이니까요.
일란성 쌍둥이니까요.

우리가 불행해지는 첫 번째 원인은 남을 탓하는 마음입니다. 그것은 다른 어떤 것보다도 우리를 불행으로 이끕니다. 지금 자신의 내면을 들여다보십시오. 내 안에 남을 탓하는 마음의 불씨가 있는가 없는가를. 조금이라도 있다면 지금 바로 끄십시오. 최고의 방법은 마음속에 조금이라도 남아있는 '탓의 불씨'를 종이 위에 구체적으로 적어보는 것입니다. 그러다 보면 탓의 불씨가 된 원인과 조건들이 선명하게 보입니다. 내 자신이 그 불씨의 원인과 조건이었다는 것을 알게 됩니다. 문제를 알았다면 진화방법은 간단합니다. 참회와 감사입니다. 그 어떤 원인과 조건에 대해서도 참회하고 감사할 때, 당신의 마음은 바다가 되고 우주가 되고 무한 대지가 될 것입니다. 그게 바로 충만한 행복의 시작입니다.

일고수이명창一鼓手二名唱이라는 말이 있지요.
판소리에서 북 치는 사람이 첫째고,
소리 잘하는 명창이 그 다음이라는 말입니다.
아무리 명창이라 해도
고수鼓手가 잘해야
그 실력을 제대로 발휘할 수 있다는 뜻이지요.
명창의 소리를 살리는 고수의 추임새처럼
대화에도 대화를 살리는 추임새가 있습니다.
"그래 그래. 맞아 맞아. 네 말이 맞아."
이 추임새 한마디가
너를 살리고 나를 살리고
우리 모두의 관계를 살리는
긍정의 에너지가 될 수 있습니다.

1년

52주

365일

8,760시간

525,600분

31,536,000초.

한 해 동안 우리가 살아야 할 시간들입니다. 이렇게 수치로 적어놓고 보니 1년의 의미가 더 크고 새롭게 다가오지요? 그렇습니다. 올 한 해, 단 한 번밖에 주어지지 않을 이 시간들을 우리는 날마다 더 행복하고 의미 있게 보내야 합니다. 그러기 위해선 계획을 세워야 합니다.

앞서 말한 것처럼 구체화된 시간들이 여러분의 삶의 방향과 목표, 그리고 실천적 행동기준을 보다 명료하게 해줄 것입니다. 이제 구체적인 목표와 방향과 행동기준이 세워졌으면 그 계획들을 매일매일, 24시간 프로그램으로 실천하십시오. 그러나 1년 365일을 전체로 놓고 날마다 그 계획대로 살아야 한다고 생각하면 작심삼일이 되기 쉽습니다. 오늘 하루, 24시간 동안만 그 계획을 철저히 실천하고 산다고 생각하십시오. 그것이 인생을 행복하고 단순하게 사는 비결입니다. 내일은 오직 또 다른 오늘일 뿐이니까요. 그렇게만 산다면 우리는 새해가 되었다고 매년 새로운 결심을 할 필요가 없습니다. 매일매일이 새해의 첫날이니까요.

우리는 모두

'삶'이라는 이름의 기차를 타고 가는 여행자예요.

기차는 여행자를 가려 태우지 않아요.

신사, 숙녀, 할아버지, 할머니, 청년, 처녀, 소년, 소녀,

벙어리, 귀머거리, 봉사, 깡패, 절름발이….

가리지 않고 공평하게 태워요.

'삶'이라는 이름의 기차는 무엇이든 공정하게 태워요.

나쁨, 좋음, 행복, 불행, 실패, 좌절,

성공, 분노, 슬픔, 실망, 희망, 절망….

'삶'이 아름다운 것은

이 모든 여행객을

모두 소중히 태우고 가기 때문이에요.

멈추십시오.
가끔씩 멈춰 서서
내 안에서 어떤 일들이 벌어지고 있는지 살펴보십시오.
화가 나있지는 않은지, 우울하지는 않은지,
스트레스가 많지는 않은지,
심한 압박감을 받고 있지는 않은지,
일단 멈추고 숨도 깊게 한번 쉬어보고
하늘과 구름과 풀과 나무도 좀 바라보고
가족이나 내가 좋아하는 사람들 얼굴도
한 번씩 떠올려보십시오.
'바쁜 것' 대신 '중요한 것'이 떠오를 거예요.
그런 뒤 하던 일을 계속 해보세요.

무슨 일을 하든 의식적으로 하십시오.
습관이라는 자동조종장치가 이끄는 대로 하지 말고
가능하면 의식적으로 칫솔질을 하고
숟가락질을 하고 전철을 타고 계단을 올라보십시오.
현재를 살고 있다는 사실이 느껴지면서
마음속에 뿌듯한 충만감이 차오를 겁니다.
이처럼 순간순간에 의식적으로 깨어있는 것,
그것이 행복이고, 깨달음이고, 마음공부입니다.

작은 그릇 안에는 큰 그릇이 절대로 들어갈 수 없습니다.
그러나 큰 그릇 안에는 작은 그릇이
얼마든지 들어갈 수 있습니다.
받아들임은 바로 큰 그릇이 되는 일입니다.
당신의 마음은 큰 그릇인가요?
작은 그릇인가요?
마음의 귀에 대고 정직하게 한번 속삭여보세요.

경계에 부딪혔을 때 가장 먼저 어디를 보나요?
상대방을 먼저 보나요?
나를 먼저 보나요?
상대방을 먼저 보면 당연히
화가 나고 짜증이 나고
울화가 터집니다.
경계에 부딪히면 가장 먼저 보아야 할 곳은
바로 나 자신입니다.
나 자신의 마음부터 살펴보아야 합니다.
가만히 생각해보면
경계를 경계로 받아들인 건 내 마음작용이지
상대방이 나를 경계에 부딪치게 한 것은 아니기 때문입니다.

우리가 일생 동안 느끼고 사는 감정은 매우 제한적입니다. 스트레스와 분노, 불안, 고독, 좌절, 권태, 비참, 그리고 행복과 안도, 사랑과 흥분, 기쁨이 다입니다. 신기한 것은, 이 열두 개의 감정 가운데 일곱 개는 고통(마이너스) 쪽이고 다섯 개는 즐거움(플러스) 쪽이라는 것입니다. 우리 삶에 플러스 쪽인 것보다 마이너스 쪽인 것이 훨씬 더 많다는 증거이지요. 그러나 훈련을 통해 우리는 얼마든지 마이너스적인 것을 플러스적인 것으로 바꿀 수 있습니다. 비법은 바로 마음공부입니다.

2장

맞아 맞아

닫혀있던 마음이 열려
무엇이든 받아들여지고 채워지는 말

제 삶의 첫 번째 모토는 '하루하루에 살자'입니다.

오늘 하루 24시간만 최선을 다해 살자는 것입니다.

그럼 내일은 어떻게 하냐고요?

걱정 마세요.

내일은 또 다른 오늘이잖아요.

그러니 날마다 오늘 하루만 잘 살면 됩니다.

이 방법의 효과는 놀랍습니다.

우리 인생도 결국은 하루하루가 쌓여 긴 인생이 되니까요.

마음도 말을 합니다.

날마나 말을 걸어옵니다.

지금 평안하다고,

평온하다고,

자유롭다고,

기쁘다고,

슬프다고,

아프다고,

고통스럽다고,

괴롭다고,

화난다고….

하지만 우리에게는 그 말들을 취사선택할 권한이 없습니다.

모두 내가 나에게 하는 말들이기 때문입니다.

해결책은 오직 하나,
마음의 말을 마음의 말 그대로 받아들이는 것뿐입니다.
싫은 말이든 좋은 말이든, 궂은 말이든 기쁜 말이든
외면하거나 밀어내지 말고
자식처럼 내 안으로 따뜻하게 받아들이면 됩니다.

그런 뒤 다독여주고,
쓰다듬어주고,
안아주면 됩니다.
마음이 슬프다고 말하는 건
더 이상 자기를 슬프게 하지 말라는 표시니까요.

마음처럼 약삭빠른 놈도 없습니다.

순간적인 위로나 다독거림은

그때만 달콤하고 편할 뿐이지

금세 원래 상태로 되돌아가고 맙니다.

마음공부가 필요한 것은 그 때문입니다.

마음공부는

변덕이 죽 끓듯 하는 우리 마음을 길들이는

최선의 방법입니다.

먼 데서 답을 찾지 마세요.

바로 우리 안에 답이 들어있으니까요.

모든 사람은 자기 파괴버튼을 가지고 있습니다.
언제라도 그 버튼을 눌러 자기를 폭파해버릴 수 있습니다.
욕망, 질투, 분노, 시기, 폭력, 공격본능 등
생존욕구가 바로 그것입니다.
신기한 것은 그 파괴버튼이
때로는 착공버튼도 된다는 사실입니다.
욕망을 봉사로, 질투를 사랑으로, 분노를 감사로,
시기를 관용으로, 폭력을 자애로,
공격을 포용으로 전환버튼을 누르는 순간
우리의 삶은 무한 우주가 됩니다.
실제로 한번 해보세요.
그야말로 행복 마중물이 콸콸 넘쳐흐를 겁니다.

갑자기 먹구름이 잔뜩 끼었다고
바람이 사납게 분다고
우산도 안 가시고 나왔는데
예정에도 없던 비가 콸콸 쏟아진다고
탓하거나 근심 걱정하지 마십시오.
내 마음에 비가 내리지 않으면
비는 오직 비일 뿐입니다.
내 마음이 평화로우면
바람은 오직 바람일 뿐입니다.
내 마음이 맑으면
구름은 오직 구름일 뿐입니다.
언제 어디서나 내 마음은
태양으로 항상 빛나고 있습니다.

삶은 예측 불가능한 일기예보입니다.

언제 비가 오고, 태풍이 불고, 폭설이 쏟아질지 모릅니다.

지금 당장은 비가 내리고 폭풍우가 몰아치지만

마음만 먹으면 하늘이 맑아지도록 바꿀 수 있습니다.

자신의 삶의 일기예보는

자신이 만들 수 있기 때문입니다.

매시 매 순간 자신의 일기예보를 잘 관측하며 사십시오.

남의 일기예보대로 살지 말고

오직 자신의 일기예보에 맞춰 하루를 설계하십시오.

마음이 하는 말은 언제나 옳습니다.

우리 마음은

배고프면 배고프다고 솔직하게 말하고

즐거우면 즐겁다고 솔직하게 말하고

괴로우면 괴롭다고 솔직하게 말합니다.

마음이 말을 한다는 것은

그 말에 맞는 어떤 행동을 해달라는 신호입니다.

기쁘면 춤추고, 슬프면 안아주고,

힘들면 쉬어주고, 괴로우면 쓰다듬어주라는 신호입니다.

마음이 바로 내 삶의 선장이기 때문입니다.

경청傾聽만큼 관계를 살리는 것은 없습니다.

기울일 경傾, 들을 청聽, 온 마음을 기울여 상대방의 말을 듣는다는 뜻입니다. 청聽자를 파자해보면 경청의 힘이 얼마나 놀라운지 알 수 있습니다. 귀耳를 왕王으로 삼아 시방十세계에 그물망罒을 치듯 한一 마음心을 오롯이 모아 상대방의 이야기를 듣는 것입니다.

내 귀를 왕으로 삼아 시방세계에 그물망을 쳐서 숨소리 하나 새어 나가지 않게 상대방의 말을 오롯이 듣는다는 것, 이쯤 되어야 진정한 경청입니다. 진정한 사랑과 행복의 대화입니다.

아무도 예기치 못한 순간에
우리는 어느 날 문득 떠날 것입니다.
떠남은 운명이 아닙니다.
숙명도 아닙니다.
오직 섭리일 뿐입니다.
떠남의 섭리가 있기에 우리의 삶은
더욱 값지고 보배로운 것입니다.
어느 날 문득 지는 꽃잎처럼
어느 날 문득 져도 후회하지 않을
행복을 누리고 사십시오.
바로 오늘, 바로 지금, 바로 이 순간이
바로 그 순간입니다.

꽃씨를 뿌리지 않으면 꽃이 피지 않듯

행복에도 꽃씨가 필요합니다.

행복의 꽃씨는 어디 먼 데 있지 않습니다.

바로 지금 당신의 마음속 씨방에 들어있습니다.

잠시 멈추고 서서

그 꽃씨를 꺼내 뿌리기만 하면 됩니다.

그러면 공기가, 바람이, 햇볕이, 자식이, 아내가, 남편이,

사람들이

잘 키워줍니다.

"나는 행복하다!"

"나는 행복하다!"

"나는 지금 정말 행복하다!"

염려하지 말고 주저하지 말고 지금 바로 당장

마음의 행복을 외치며

마음의 씨방에서 행복의 꽃씨를 꺼내

인생의 화단에 맘껏 뿌리십시오.

상대방을 이해하고 싶나요?
그럼 경청하세요.
설령 이치에 맞지 않는 말을 하더라도
상대방이 말을 하고 있는 동안에는
고개를 끄덕거려 주세요.
그 순간 당신은 성인聖人이 됩니다.
그 순간 당신은 치유자가 됩니다.
배려와 보살핌
그것이야말로 삶의 큰 무기입니다.
삶의 큰 지혜입니다.

비우지 않으면 그릇에 새 밥을 담을 수 없습니다.

비우지 않으면 독에 새 장을 담글 수 없습니다.

비우지 않으면 내 마음에 꿈과 행복도 담을 수 없습니다.

비우면 비운 만큼 부자가 됩니다.

일 때문에, 사람 때문에, 원하거나 원치 않는 관계 때문에
마음이 무거울 땐 가까운 고궁의 나무 벤치나
무성한 풀밭에 누워 하늘을 한번 올려다보십시오.
지나가는 바람에 풀잎과 풀잎 엮이는 소리가 들립니다.
나뭇잎과 나뭇잎이 서로 엉키는 소리도 들립니다.
그 자리에서 풍금 소리도 들립니다.
휘파람 소리도 들립니다.
바람이 남기고 간 풍금과 휘파람 소리를 듣다 보면
내 마음의 풍금과 휘파람도 소리를 내기 시작합니다.
내가 누우면 함께 눕고
내가 일어서면 같이 일어서는 풀잎처럼.

궁정이 용기를 낳습니다.

부정이 좌절을 낳습니다.

긍정이 희망을 낳습니다.

부정이 절망을 낳습니다.

긍정이 행복을 낳습니다.

부정이 불행을 낳습니다.

항상 긍정적인 말만 하고 사십시오.

희망과 행복은 이미 당신의 것입니다.

희망봉은

희망을 갖는 자에게만

몸을 허락합니다.

한 발 두 발 오르는 자에게만

산이

몸을 허락하듯이

그늘에 든 자에게만

그늘이

그늘을 허락하듯이.

웃고 싶은 나.
울고 싶은 나.
춤추고 싶은 나.

오늘은
내 안의 나를 찾아
짧은 여행을 해보면 어떨까요?

내가 나에게 무슨 말을 하고 있는지
들으러 가보면 어떨까요?

계단 없는 삶은 없습니다.
단지 올라가고 내려올 뿐입니다.

올라가면 반드시 내려와야 하는 것이
인생입니다.

내려왔다는 것은
다시 올라갈 때가 되었다는 뜻입니다.

울퉁불퉁하지 않은 길은 없습니다.
소중하지 않은 인생은 없습니다.
단지 조금 더 쓰이고 조금 덜 쓰일 뿐입니다.

대화에도 행복한 대화가 있고 고통스러운 대화가 있어요. 나눌수록 기분이 더 좋아지는 것이 행복한 대화예요. 반대로 나눌수록 짜증이 나고 괴로운 것이 고통스러운 대화예요. 행복한 대화에 가장 먼저 선행되는 기초 요소는 빈 마음이지요. 그릇이 비어있어야 밥을 담을 수 있듯, 내 마음이 비어있어야 상대방의 말을 내 마음 밥그릇에 담을 수 있어요. 상대방의 말이 내 마음 밥그릇에 고일 때, 상대방의 마음과 생각과 기분을 알아챌 수 있어요.

상대방이 나에게 말을 거는 것은 지금 자신의 마음과 생각과 기분을 알아달라는 뜻이에요. 행복한 대화의 시작은 빈 마음이라는 것 잊지 마세요.

오늘도 나는 나에게 묻습니다.
"잘은 지내고 있는 것이오?"

내일도 나는 나에게 묻습니다.
"잘은 지내고 있는 것이오?"

모레도 나는 나에게 묻습니다.
"잘은 지내고 있는 것이오?"

글피도 나는 나에게 묻습니다.
"잘은 지내고 있는 것이오?"

날마다 오늘입니다.
"나는 과연 잘은 지내고는 있는 것이오?"

•

등잔 밑이 어둡다는 말이 있습니다.
가까운 곳에서 생긴 일을 도리어 잘 모른다는 뜻입니다.

맞습니다.
부모와 자식의 관계가 등잔과 등잔 밑의 관계 아닐까요?
스승과 제자의 관계가 등잔과 등잔 밑의 관계가 아닐까요?
직장상사와 부하직원의 관계 역시
등잔과 등잔 밑의 관계가 아닐까요?
조금만 관심을 가지면 금방 알 수 있습니다.
조금만 배려하면 등잔 밑이
얼마나 어두운지,
얼마나 아픈지,
얼마나 아파하고 있는지
금방 알 수 있습니다.

나와 가장 가까운 사이,
등잔 밑을 자주 들여다보고 살면 좋겠습니다.

어느 봄날, 북한산 백운대에 올랐습니다.

온몸이 땀으로 젖었습니다.

땀으로 젖은 만큼,

백운대의 바람은 시원했습니다.

산이 주는 인생수업이었습니다.

지금,

오늘,

현재,

여기,

내가,

살아있다는 것이 참 아름다웠습니다.

그러고 보면 인생은

날마다

수업입니다.

한때, 호박꽃도 꽃이냐고 폄하하던 시절이 있었습니다.
관능과 성애에 눈떠가던 시절이었습니다.
그런데 이제는 꽃 중에서도 가장 아름다운 꽃이
호박꽃이 되었습니다.
노랗고 넓은 꽃잎사귀가
모든 것을 품어 안는 대지 같습니다.
큰 잎사귀 뒤에 숨어 내가 꽃이라고 뽐내지 않는 꽃 모습이
한 소식 하지 못해 더 아름다운 은둔 수행자의 모습 같습니다.
일그러져서 더 따스한 우리의 삶 같습니다.
그래서 늙은 호박이 더 큰 약이 되는가 봅니다.
막걸리에 애호박전과 애호박나물이 더 맛있는가 봅니다.

당신의 주머니에는 지금 무엇이 들어있나요?

지갑, 자동차 키, 스마트폰, 수첩, 볼펜, 손수건, 동전….

주머니가 무거울수록 인생이 더 팍팍해지지 않을까요?

주머니가 가벼울수록 인생도 더 가벼워지지 않을까요?

오늘 새벽 문득 미명의 창을 열고

북한산 하늘을 바라보며

내 호주머니의 무게를 생각해보았습니다.

아직 공기처럼 가벼워지기엔

무거운 호주머니네요.

우리에게는 누구나 하루 24시간이
공평하게 주어져 있습니다.
그러나 누군가에게는 그 24시간이
240시간이 될 수도 있고,
누군가에는 24분이 될 수도 있습니다.
당신의 하루는 240시간인가요? 24분인가요?
그 시간의 무게를 남에게 공짜로 빼앗기지 마십시오.
그 시간의 무게가 나를 채우는 시간이 되게 하십시오.

고경古鏡이라는 말이 있습니다.

온고이지신溫故而知新이라는 말도 있습니다.

고경은 '낡고 오래된 거울'이라는 뜻이고

온고이지신은 '옛것을 익혀 새것을 안다'는 뜻입니다.

맞습니다.

낡고 오래된 것일수록 더 귀하고

옛것을 잘 익힐수록

더 여유롭고 행복한 삶을 살 수 있습니다.

나라에 어른이 필요한 것도 그 때문입니다.

집안에 할아버지, 할머니, 아버지, 어머니가 필요한 것도

그 때문입니다.

마음에 고경 하나씩 담고

내 마음 얼굴을 자주 들여다보십시오.

날마다 입술꼬리에

물방울 같은 행복열매가 맺힐 겁니다.

살아있을 때 얼마나 중요한 인물인가는
그리 중요하지 않습니다.
죽음 뒤의 시간이
그 사람의 역사를 평가할 테니까요.

살아있을 때 얼마나 부자인가는
그리 중요하지 않습니다.
죽음 뒤의 시간이
그 사람의 재산을 평가할 테니까요.

살아있을 때 얼마나 고통받고 살았는가는
그리 중요하지 않습니다.
죽음 뒤의 시간이
그 사람의 숨결을 기억하고 있을 테니까요.

자연 앞에 서면 우리가 평화로워지는 까닭은
정직하기 때문입니다.
없는 것을 있는 척 꾸미지도 않고
있는 것을 없는 척 감추지도 않으며
추한 것을 아름다운 척 치장하지도 않고
아름다운 것을 볼품없는 척 위장하지도 않기 때문입니다.
애써 자신을 드러내지 않는 사람,
굳이 자신의 존재를 내세우지 않는 사람,
그런 사람이 더 향기로운 것은
그 속에 자연이 정직하게 숨 쉬고 있기 때문입니다.

가장 소중한 순간은
바로 지금,
이 순간.

가장 소중한 자리는
바로 지금,
이 자리.

가장 소중한 사람은
바로 지금,
눈앞에 있는 사람.

놓치지 마세요.
당신의
우주를.

배운다는 것은 내 마음을 먼저 비운다는 뜻,
비우지 않으면 채울 수 없기에.

배운다는 것은 내 마음의 문을 먼저 연다는 뜻,
문을 열어놓지 않으면 아무것도 들어올 수 없기에.

빈 독에 물이 차듯
빈 그릇에 밥이 차듯

배운다는 것은 그렇게
먼저 마음의 문을 열고 겸허해진다는 뜻.

말 한마디가 상대방을 죽일 수도 있습니다.
반대로 말 한마디가 상대방을 살릴 수도 있습니다.

사랑과 자비와 애정이 가득 담긴 말 한마디는
상대방을 죽음의 수렁에서 건져 올릴 수도 있습니다.

내 작은 사랑의 말 한마디가
상대방에겐 기적이 될 수 있다는 것 잊지 마십시오.

반대로 무심코 내뱉은 사소한 말이
상대방에겐 평생의 아픔이 될 수 있다는 것도
잊지 마십시오.

3장

옳아 옳아

쥐고 있던 욕심이 사라지고
마음이 가벼워지는 말

누군가가 우리의 인내심을 시험할 때

우리는 오히려 기뻐해야 합니다.

그는 지금 우리에게

관용과 자비를 가르쳐주고 있으니까요.

처음과 끝이 같은 사람.

한결 같은 사람.

처음 마음과 끝 마음이 같은 사람.

한결같은 마음을 가진 사람.

내가 좋아하는 사람.

그 사람.

그런 사람을 우리는

성인聖人이라고 합니다.

지금 내 주변에

얼마나 많은 성인이 살고 있나요?

마음속을 잘 들여다보면

그 성인들이 항상 나와 함께 살고 있음을 알 수 있습니다.

삼일수심천재보三日修心千載寶

백년탐물일조진百年貪物一朝塵

삼 일 동안 닦은 마음 천년 가는 보배되고

백 년 동안 탐한 재물 하루아침 티끌이네.

삶은 방법 없는 방법입니다.

《초발심자경문》에 나오는 위 시를 음미하며

방법 없는 방법으로

오늘 하루도 더욱더 행복한 삶을 엮어가시길 바랍니다.

'나'라는 생각이 사라지면 모든 것이 행복입니다. 어제는 결혼 2년 차 된 젊은 부부가 저를 찾아왔습니다. 부부에게는 큰 아픔이 있었습니다. 첫아이를 임신한 지 9개월 만에 사산한 데 이어, 둘째 아이마저 임신 2개월째에 아내가 맹장염에 걸려 하는 수 없이 소파수술을 해야 했습니다. 이들을 더욱 힘들게 한 건 비슷한 시기에 결혼한 형님(시아주버니) 부부가 비슷한 시기에 첫아이를 임신했는데, 그 애는 탈 없이 잘 태어나 시부모는 물론 온 가족의 사랑을 독차지하고 있다는 것입니다. 그 모습을 볼 때마다 이들 부부는 사산한 첫아이가 눈에 밟혀 너무나 힘들고 우울하다는 것입니다.

저는 윌리엄 블레이크의 〈순수의 전조〉라는 시 한 편을 들려주었습니다.

한 알의 모래 속에서 세계를 보며

한 송이 들꽃에서 천국을 본다.

그대 손바닥 안에 무한을 쥐고

한순간 속에 영원을 보라.

그렇습니다. '나'라는 생각이 없어지면 무한이 열립니다. 모든 것 속에 모든 것이 다 들어있고, 내 손바닥 안에서도 우주를 발견할 수 있습니다. 슬픔의 눈물을 주룩주룩 흘리던 젊은 부부는 새 마음으로 돌아갔습니다. 돌아서서 가는 젊은 부부의 뒤에 대고 저는 가만히 속삭였습니다.

"부디 행복하고 평화롭기를."

그 축원 때문일까요? 얼마 후 부부가 아이를 임신했다는 기쁜 소식을 전해왔습니다.

살아있다는 것은
언젠가는 떠날 준비가 되어있다는 것.

바람이 불면
잠시 누웠다가 일어나는 풀처럼

인생에 풍파가 몰아친다는 것은
다시 일어섬을 준비하는 것.

인생은 그렇게 바람과 풀처럼
서로 노래하고 춤추고 악수하며 속삭이다 가는 것.

멀리 떨어져있는 사람이 아니라
지금 바로 내 옆에 있는 사람과 함께
손잡고 포옹하며 기쁘고 행복하게 사는 것.

"사람은 무엇으로 사는가?"

톨스토이는 자신에게 물었습니다.
오랜 고뇌 끝에 톨스토이는 스스로에게 대답했습니다.

"이제야 깨달았다.
사람들은 오직 자기 자신만을 생각하며
살아갈 수 있다지만
그건 그저 사람들의 착각일 뿐
사람은 사랑의 힘에 의해 살아가고 있다는 것을."

내 자신에게 가만 물어봅니다.
나에겐 그 사랑의 힘이 얼마나 있는가를.

어제는 약속이 다섯 개나 있었습니다.
아니, 일정이 다섯 개나 있었습니다.
내가 만든 일정이 아니라
내 의사와는 상관없이 만들어진 일정이었습니다.
그중 두세 개는 가지 않아도 될 일정이었습니다.
그러나 체면 때문에, 눈치 때문에,
품앗이하러 간 일정이었습니다.
살아가면서 우리는 우리 자신의 의사와는 상관없이
체면 때문에, 눈치 때문에, 품앗이라는 명목으로
얼마나 많은 일에 끌려다니는지요.
따지고 보면 그것도 욕심입니다.

참석하지 않으면 나중에 손해를 본다는 욕심,
눈도장을 찍어놓지 않으면
나중에 불이익을 당할 수도 있다는 욕심,
품앗이를 해놓지 않으면 나중에
관계가 껄끄러워질 수도 있다는 욕심이
우리를 필요 없는 약속과 일정 속으로 끌고 갑니다.

마지막 일정을 끝내고 들어오니 밤 열한 시,
이부자리에 누워 생각했습니다.
내일부터는 욕심을 버리고 좀 더 단순하게 살자고.
'예스맨'이 되지 말고 거절할 때는 당당하게
거절할 줄 아는 사람이 되자고.
그래서 눈치 때문에, 체면 때문에,
품앗이 따라 사는 사람이 되지 말자고.

감기에 걸려 병원에 갔습니다.

많은 분이 마스크를 쓴 채 기다리고 있었습니다.

저도 한쪽 소파에 앉아 차례를 기다리고 있었습니다.

문득 "중생이 아프니 나도 아프다"는

유마거사의 말씀이 생각났습니다.

이럴 때 아픈 분들을 위해 제가 할 수 있는 일이 무엇일까요?

문득 옆에서 심하게 기침을 하시는 할머니께

따뜻한 물 한 컵을 떠다 드렸습니다.

말똥말똥 저를 쳐다보는 할머니 눈동자가

봉선화 같았습니다.

비 오는 날 바깥 풍경이 보이는 2층 카페 창가에 앉아 마시는 따스한 커피 한 잔이 나를 살아있게 합니다. 바람 부는 날 명동 거리를 걸어가는 멋쟁이 아가씨의 검은 머릿결과 하얀 미소가 나를 살아있게 합니다. 햇빛 부드러운 날 햇살을 받아 너울너울 은나비 떼처럼 춤추며 흘러가는 강물이 나를 살아있게 합니다. 햇볕 따가운 날 짙은 선글라스를 쓰고 먼 만행 길에 나서는 어느 스님의 모습이 나를 살아있게 합니다.

모두 제각각, 제가 있을 곳에 있습니다.

“기도란 나를 향한 신의 태도를 바꾸는 것이 아니라
신을 향한 나의 태도를 변화시키는 것이다.”

이 글귀를 읽는 순간 커다란 전율이
제 가슴을 스치고 지나갔습니다.
우리는 혹시 부처님께 하느님께 기도하면서
부처님의, 하느님의 태도가 바뀌길 기다리는 것은 아닌지요.

여러분의 남편, 아내, 자식, 친구, 직장상사, 이웃이
바로 부처입니다. 하느님입니다.
그 이웃에 대한 태도를 바꿀 때가 바로 지금입니다.

길 가다 보도블록 틈새에 외롭게 피어난

민들레 한 송이를 보았습니다.

외롭게 쳐다보는 나에게 민들레가 물었습니다.

“홀로여서 외롭니?”

내가 대답했습니다.

“홀로여서 외롭다.”

나도 되물었습니다.

“홀로여서 너는 외롭지 않니?”

민들레가 대답했습니다.

“홀로여도 나는 전혀 외롭지 않다.”

내가 다시 물었습니다.

“홀로여도 왜 외롭지 않지?”

민들레가 대답했습니다.

“많은 사람이 나를 바라봐주기 때문이야.

그리고 내 모습을 보면서 사람들 마음이

잠시나마 환해지기 때문이지.”

그렇습니다.

사람은 누구나 조금씩 외로움을 갖고 삽니다.

그러나 그 외로움이 남에게는 환한 웃음으로

다가갈 수도 있습니다.

서산대사의 《선가귀감》에 이런 게송이 있어요.

가난한 자가 구걸하러 오거든
제 능력에 맞게 베풀라
한 몸인 양 불쌍하게 여기는 일
그게 바로 진정한 보시이니라.

그래요.
나와 남이 한 몸일 때
진정한 보시는 이루어지는 거예요.

부처님은 이를 동체대비同體大悲라 일렀습니다.
참, 간단명료하지요.

화는 많든 적든 우리의 습관과 깊은 관계가 있습니다.

그리고 그 습관은

우리의 내면 깊은 무의식으로부터 올라옵니다.

우리가 평소에 마음공부를 하고

마음을 잘 닦아야하는 이유입니다.

자신의 마음을 잘 닦고 다루어

화를 입과 행동으로부터 방어하는 것이지요.

입과 행동으로 표출되지 않는 화는

화가 아니라 자기 성찰이니까요.

마음공부는 아주 쉽습니다.

마음에 다가가기만 하면 됩니다.

마음이 하는 말에 잘 귀 기울이고

마음이 하는 말을 잘 받아주며

쓰다듬어주고 토닥거려주면 됩니다.

그러면 왜 마음이 화난다고 하는지

슬프다고 하는지

괴롭다고 하는지 금방 알 수 있습니다.

마음을 알아차리는 것,

그것이 바로 마음공부입니다.

쉽지요.

그럼 지금 바로 마음공부를 시작해보세요.

순간순간, 자신의 마음을 들여다보세요.

살다보면 인생이 꼬일 때가 많습니다.

그럴 땐 “내 인생이 왜 이렇게 꼬이는 거야” 하고

한탄하지 말고

내 인생이 꼬이는 이유를 노트에 한번 적어보세요.

최소한 열 개 이상은 적어야 합니다.

그럼 그 속에 분명히 답이 들어있습니다.

그중에 실마리 하나만 풀어내도

나머지 일들은

잘 감긴 실타래처럼 저절로 잘 풀립니다.

정말이에요.

인간이라는 존재는 여인숙과 같다.
매일 아침 새로운 손님이 도착한다.

기쁨, 절망, 슬픔
그리고 약간의 순간적인 깨달음이
예기치 않은 방문객처럼 찾아온다.

그 모두를 환영하고 맞아들이라.
설령 그들이 슬픔의 군중이어서
그대의 집을 난폭하게 쓸어가 버리고
가구들을 몽땅 내가더라도.

그렇다 해도 각각의 손님을 존중하라.
그들은 어떤 새로운 기쁨을 주기 위해
그대를 청소하는 것인지도 모르니까.

잘랄루딘 루미의 〈여인숙〉이라는 시의 일부입니다.
오늘 아침, 나의 여인숙에는 어떤 손님이 도착했는지요?

기쁨, 절망, 슬픔, 행복, 불행,
아니면 약간의 씁쓸함과 외로움과 깨달음.
어떤 손님이든 피하지 말고 다 받아들여 보세요.
그것이 나의 유일한 존재 이유일 수도 있으니까요.
더 쓸모 있는 나로 만들어주기 위해 찾아온
내 인생의 청소부일 수도 있으니까요.

"무엇보다도 너 자신에게 진실하라!"

셰익스피어의 말입니다. 이 글을 읽을 때마다 저는 '사람들은 왜 거짓말을 할까?' 하고 생각해봅니다. 심리학자들의 말에 따르면 사람은 하루 평균 1.5회씩 거짓말을 한다고 합니다. 처음 만나는 사람 앞에서도 10분 만에 거짓말을 세 번이나 한다고 하는 데요, 그러고 보면 우리는 모두 '타고난 거짓말쟁이'인 셈입니다. 심리학자들은 이에 대해 '생존본능 때문에 인간은 속이려는 노력을 한다'라고 진단합니다. 그리고 그러한 노력이 결국은 인간의 진화를 이끌어왔다고 주장합니다. 말하자면, 거짓말은 진실과 함께 인간의 생존에 반드시 필요한 두 개의 축이라는 것입니다.

그렇더라도 정직의 가치는 참으로 준엄합니다. 진실을 말하는 게 거짓말하는 것보다 낫고, 정직과 진실에 의해서만 인류의 보편적 가치와 정의가 실현되기 때문입니다. 우리가 법을 만들고 사회규범을 만드는 것도 그 때문입니다. 셰익스피어는 일찍이 인간의 그 두 가지 속성을 깊이 꿰뚫어 보았기 때문에 이 말을 하지 않았을까요? 어쩌면 인생을 깊이 통찰하고 반성한 끝에 내놓은 말인지도 모릅니다. 저도 셰익스피어의 이 말에서 절대 자유롭지 못함을 오늘 정직히 고백합니다.

사람들은 흔히 "다시는 무엇 무엇을 하지 않겠다"라고 맹세합니다. 저는 그렇게 맹세하는 사람들을 절대로 믿지 않습니다. 맹세를 지키지 못할 게 빤하거든요. 대신 "오늘 하루만 그것을 하지 않겠다"라고 하는 사람은 100퍼센트 신뢰합니다. 아무리 힘들고 고통스러운 일이라도 그날 하루만은 하지 않고 참을 수 있으니까요. 예를 들어 "오늘 하루만 화를 내지 않겠다" "오늘 하루만 욕하지 않겠다" "오늘 하루만 거짓말 하지 않겠다"라고 자신과 약속하는 것은 얼마든지 지킬 수 있거든요. 그렇다고 오해하진 마세요. 내일부터 다시 화내고 욕하고 거짓말해도 좋다는 것은 아니니까요. 내일은 또다시 새로운 오늘이니까요.

삶은 정확한 인과법因果法이에요.
좋은 쪽이든 나쁜 쪽이든 자신이 지금 겪고 있는 일은
우리가 알게 모르게 마음에 뿌려놓았던
인의 씨앗이 자라
지금의 과가 있는 거예요.
인과응보란 말 아시잖아요.
자기가 뿌린 씨앗의 결과가 아닌 것은 하나도 없어요.
그 씨앗들이 마음속에 종자로 남아있다가
움트기 좋은 조건을 만나면 무럭무럭 자라
바오밥나무처럼 우리를 덮어버리는 거예요.
행복해지려고 애쓰지 말고
마음의 대지에 항상 좋은 씨를 뿌리려고 노력하세요.
그러면 행복의 나무는 저절로 자랍니다.

실수 때문에 자책하지 마십시오.
세상에 완벽한 사람은 없습니다.
누구나 실수하게 되어있습니다.
실수는 그저 삶의 한 가지 현상일 뿐입니다.
저만치 거리를 두고 가만히 실수를 바라보면
오히려 그 실수가 나를 살리는 도구가 되기도 합니다.
혹, 어떤 실수를 하더라도
자책하지 말고 바로 받아들이십시오.
실수가 두려운 것은
실수한 그 사실을 받아들일 줄 모르기 때문입니다.
바로 그 자리에서 그 사실을
받아들이는 것이 가장 좋습니다.
그런 뒤 그 실수를 신속하게 교정하면 됩니다.

실수를 기꺼이 시인하는 것,

그리고 신속하게 교정하는 것,

그것이 우리의 삶을 더욱 복되고 행복하게 하는

'건강한 시행착오'입니다.

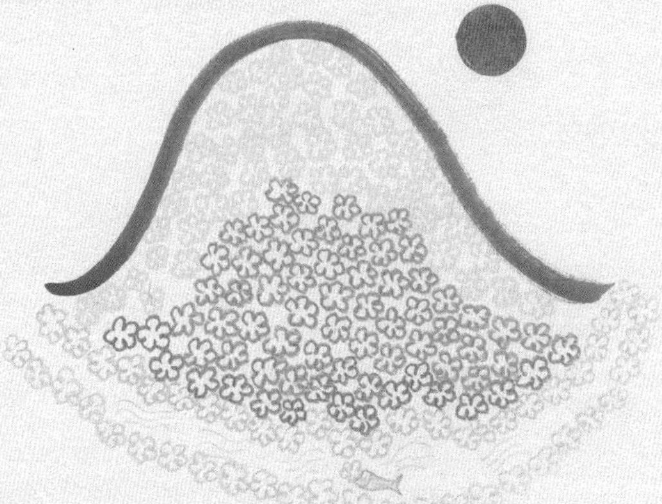

2005년 화재로 낙산사가 불에 타버렸을 때
신흥사 조실인 무산 오현 스님께서는 이런 말씀을 하셨습니다.
"가만 놔둬라. 제 안의 불도 못 끄는 것들이
무슨 절간에 불을 끈다고 난리고."
그 말씀을 전해 듣는 순간
저는 모골이 송연했습니다.
맞습니다.
우리는 지금 자신의 마음속에서
활활 타고 있는 불길을
얼마나 잘 끄고 있을까요?
세상의 불을 끄기 전에
내 안의 불부터 먼저 끄는 것이
순서겠지요.

힘듦이 오히려 스승입니다.

당할 때는 "어찌 내게 이런 일이…" 하며 괴로워하지만,

지나고 나면 그것이 나를 한층 더 강하고

성숙하게 해주었다는 것을

알게 됩니다.

그래서 삶에는 담금질이 필요하답니다.

"나도 살고 남도 살자."

제가 가장 좋아하는 삶의 구호입니다.
맞습니다.
내가 살아야 남도 살릴 수 있습니다.
내가 행복해야 남도 행복하게 할 수 있습니다.
내 속살림을 잘해야 남을 섬기고 도울 수 있습니다.
왜 '나도 살고 남도 살자'라고 하는지 알겠지요?
'나도 살고 남도 살자'는 말이
이기주의가 아닌 것도 알겠지요?

"잘했어!"

"최고야!"

"훌륭해!"

나의 칭찬 한마디가 때로는
누군가의 삶에 커다란 힘이 됩니다.
나의 칭찬 한마디가 때로는
누군가의 삶에 커다란 희망이 됩니다.
절망과 아픔을 딛고 다시 일어서는 이웃들을 위해
우리 오늘도 서로서로 격려하고 위로하고 칭찬하며
희망찬 하루를 살도록 해요.
그것이 지금 바로 이 순간 우리 모두의 행복을 위해
우리 모두가 해야 할 일입니다.

"위로받기 보다는 위로하는 것이 좋다"는
성 프란시스코의 기도문을 저는 참 좋아합니다.
위로는 남에게만 하는 것이 아닙니다.
가끔은 자신도 위로해줘야 합니다.
이 험난한 세상에서 가장 먼저 위로받아야 할 사람은
자기 자신이니까요.

습관의 힘은 참 무섭습니다.

좋은 습관은 인생을 탄력 있게 만들어주지만

잘못된 습관은 우리의 삶을 파괴합니다.

잘못된 습관의 힘이 더 무서운 건

많은 사람이 잘못된 습관의 유혹에

더 쉽게 넘어가기 때문입니다.

잘못된 습관이 주는 쾌감이

더 크고 즐겁기 때문이지요.

그런데 아시지요?

잘못된 습관에서 벗어나려면

그 쾌감을 즐길 때보다 몇백 배나 더 큰 고통과

어려움이 뒤따른다는 것을.

지금 한번 뒤돌아보세요.

혹 잘못된 습관의 늪에 빠져있지는 않은지.

우리는 자신의 마음을 얼마나 잘 알고 살까요?

얼마나 그 마음을 잘 다스리고 나눌 줄 알며 살까요?

'일체유심조'라는 말 모르는 분 없을 거예요.

하지만 그것을 제대로 알고

실천하며 사는 분은 드물 거예요.

쉽게 말하면, 그것은 행복도 불행도

다 내 마음이 짓는다는 뜻이에요.

자신이 항상 긍정적이고 기분 좋게 살면 행복이요,

무엇이든 부정적으로 보고 기분 나쁘게 살면

불행이라는 뜻이지요.

그럼, 이제 답이 나왔네요.

무슨 일이든 어떤 상황이든 대하기 전에

마음으로 10초 동안만 '일체유심조' 하고

명상하고 시작하기.

나 아니면 안 된다는 생각을 버리십시오.
내가 세상의 주인공이라는 생각을 놓으십시오.
행복한 삶을 위해선 조연만으로도 충분합니다.
조연이 없으면 영화는 만들어질 수 없습니다.
주연이 빛나는 것도 수많은 조연이 있기 때문입니다.
이 세상에 주연은 오직 하나, 우주밖에 없습니다.
우주라는 주연배우를 위해 우리 모두는
조연배우 역할만 충실히 하면 됩니다.
그것이 종교이고, 사랑이고, 자비이고,
행복의 길로 가는 징검다리입니다.
주연으로서의 삶을 과감히 벗어던질 때
우리는 조연배우로서
더 자유롭고 행복한 우주의 삶을 살 수 있습니다.

마음을 항상 기쁨으로 안내하십시오.
기쁜 마음이 유쾌한 마음을 불러오고,
유쾌한 마음이 유쾌한 행복을 불러옵니다.

사람들과 잘 화합하고 사는 법.
보는 눈을 바르게 하고,
보이는 모습을 바르게 하고,
서로 잘 교류하면서 나누고 살면 됩니다.

행복을 방해하는 큰 도둑놈들 가운덴
분노와 질투, 시기, 욕구불만이라는 도둑놈도 들어있습니다.
내 마음엔 지금 어떤 도둑놈이 들어있는지요?

아무런 대가 없이 주는 것만큼
삶을 기쁘게 하는 것은 없습니다.
자비와
사랑과
섬김과
봉사와
헌신이 그것입니다.
주면 줄수록
우리 내면은
새로운 기쁨과 행복으로 더욱 충만해집니다.
그것이 바로 무소유 정신입니다.

4장

믿어 믿어

미워하고 시기했던 마음이
따뜻하고 포근해지는 말

아무리 감추어도
맑은 향기는 배어납니다.
아무리 막아도
악한 냄새는 풍겨납니다.
기왕이면 악한 냄새보다는
맑은 향기가 배어나는 삶을 살아야겠지요?
감추려고 하면 할수록
더 맑고 짙은 향기가 배어나는
선암사
저 붉은 홍매화 향기처럼.

겸손이야말로 행복의 가장 큰 자양분입니다.
우리 인간에게 지성과 함께 겸손이 주어졌다는 것은
삶의 놀라운 신비이자
인간을 인간이게 하는 기본 본질입니다.
세속적으로 아무리 큰 성공을 거두었어도,
부자가 되었어도,
명예를 얻었어도,
겸손하지 않다면 진짜 성공이 아닙니다.
언제 추락할지 모르는 나락입니다.
잊을 만하면 교도소에 가고
굴욕을 당하는 재벌 총수들과
전직 대통령들이 그것을 잘 말해주고 있지요.
겸손이라는 단어가 굴욕으로 느껴진다면
당신의 마음은 아직도 세속적인 것들로
꽉 차있다는 증거입니다.
반면 겸손이라는 단어가 당신의 마음에
한없는 평화와 평온을 가져다준다면
당신은 정말로 행복한 사람입니다.

언젠가 이 몸은 나를 버리고 떠나갑니다.

잠시 머물다 가는 인생,

지지고 빻고 볶으며 아등바등 살 필요가 무엇입니까?

아름다운 삶의 흔적을 남기기 위해선

아름다운 삶의 발자국만 많이 남기면 됩니다.

틈날 때마다 남을 위해 봉사하고 헌신하고 베풀고 섬기며,

범사에 감사하고 자비로운 삶을 사는 것이 그것입니다.

삶의 괴로움과 불행에서
자유로워지는 초석은 믿음입니다.
믿음은
인간은 누구나 우주의 법칙과 이치에 따라
살고 있다는 것을 알려줍니다.

그것은 때론 정의일 수도 있고,
진리일 수도 있고,
종교일 수도 있고,
철학일 수도 있고,
나 자신이 믿는 그 어떤 위대한 힘일 수도 있습니다.
그 무엇에 대한 바른 믿음을 갖고 사는 한
우리는 괴로움과 불행의 두려움에서
자유로워질 수 있습니다.
그리고 그 자유를 디딤돌로
나도 좋고 너도 좋고 우리 모두가 좋은
행복한 인생을 구가할 수 있습니다.
무엇이 되었든 나보다 위대한 힘,

우주의 법칙과 이치에 맞는 힘에 대한 믿음 하나씩을
반드시 가져보시기 바랍니다.
조금 더디고, 느리고, 더듬거릴지 몰라도
틀림없이 행복이 성장하기 시작할 것입니다.

자신의 의지력으로만 살려고 하지 마십시오.
때로는 신께,
하느님께,
부처님께도 의지해보십시오.
그것이 쉼입니다.
충전을 위한 충만한 멈춤입니다.

명상은 태양에 한 걸음씩 다가서는 최고의 방법입니다.

명상은 또한 행복으로 다가가는 최고의 방법이기도 합니다.

그러므로 행복한 삶을 위해서는 명상을 생활화해야 합니다.

종교와 관계없이 어떤 명상이어도 좋습니다.

숨을 쉬며 숫자를 세는 수식관도 좋고

참선도 좋고

자비명상도 좋고

기도명상도 좋고

자기에게 맞는 명상을 선택해서

매일, 꾸준히 실천하면 정말로 행복한 삶을 살 수 있습니다.

행복은 원래의 자기 자신에게로 복귀하는 것입니다.

우리가 삶을 고통스럽게 생각하는 것은

원래 내 안에 저장되어있는 행복을 잊고

내 밖에서만 행복을 찾으려고 하기 때문입니다.

원래 내 자신으로 복귀,

그것이 행복으로 가는 사닥다리입니다.

앉고, 눕고, 서고, 걷는 것이 행복입니다.

이 세상에

혼자서는 앉지도 못하고,

서지도 못하고,

눕지도 못하고,

걷지도 못하는 사람이 얼마나 많나요?

혼자서도 잘 눕고,

잘 앉고,

잘 서서 걸을 줄 아는 당신은

이미 행복한 사람입니다.

자기반성과 명상 그리고 기도 사이에는
묘한 연결고리가 있습니다.
그것들이 비록 따로따로 행해지더라도
삶에 무한한 위안과 이익을 가져다줍니다.
더불어 그것들이 논리적으로 관계를 맺고
조화롭게 융화될 때,
보다 튼튼한 삶의 기초를 만들어줍니다.

헌신과 섬김과 봉사활동에는 돈이 필요 없습니다.
권력과 지위와 명예도 필요 없습니다.
단지, 우리가 가지고 있는 손과 발과 입과 코와 귀면 됩니다.
아무리 써도 망가지지 않고 닳지 않는 내 몸,
그것이 최고의 봉사와 헌신과 섬김의 도구입니다.
내 한 몸 기꺼이 바치는 것,
그것이 봉사이고 헌신이고 상생과 행복의 삶이니까요.

행복의 관문은

현재 벌어진 일을 벌어진 상황 그대로,

존재하는 상황 그대로,

사실 그대로 받아들이는 것입니다.

그것이 바로 실존적 겸손입니다.

그 실존적 겸손이 없으면

어떤 행복도 시작될 수 없습니다.

하느님 말씀 중에서 제가 가장 좋아하는 말이 있습니다.

"범사에 감사하라"는 말입니다.

그렇습니다.

그것은 만고의 진리입니다.

불변의 진리입니다.

감사는 행복의 밑뿌리입니다.

원천입니다.

범사에 감사하고 살 때 행복의 싹은 움트기 시작합니다.

가장 상식적인 삶이 가장 지혜로운 삶입니다.

때에 맞게 일하고

때에 맞게 밥 먹고

때에 맞게 잠자고

때에 맞게 말하고

때에 맞게 침묵하며

때에 맞게 기뻐하고

때에 맞게 울 줄 아는 삶이 그런 삶입니다.

지금, 내 삶이 얼마나 상식적인 삶인지

가만히 한번 되돌아보시기 바랍니다.

이 세상 어디에도

우리가 극복할 수 없을 정도의

고통과

두려움과

어려움과

불행은 없습니다.

지혜로운 사람은 서두르지 않습니다.
“빨리 가고 싶을수록 멀리 돌아가라”는 속담도 있듯이
지혜로운 사람은 아무리 바빠도 여유가 있습니다.
무슨 일이든 꼼꼼히 살펴보고 천천히 되짚어보며
하나하나 해결해나갑니다.
그러나 오늘 할 일을 내일로 미루는 법은 절대 없습니다.
여유 있으면서도 절대 내일로 미루지 않는 삶,
충만한 삶,
참 멋지지요.
오늘부터 꼭 실천해보십시오.

"첫 화를 피하자."

화가 치밀어오를 때 이 구호는
참으로 놀라운 효과를 가져옵니다.
저와 함께 공부하는 많은 분께
꾸준히 이 훈련을 시켜보았는데
몇 달 뒤에 정말 많은 분이 마음의 평온을 되찾았습니다.
마음이 평온해지니 생활이 행복해진 것은 당연하고요.
그럴 수밖에.

첫 화를 피하니 다음 화의 방아쇠를 당기지 않아도 되고
내가 먼저 화의 방아쇠를 당기지 않으니
상대방도 화의 표적물이 없어져
화의 방아쇠를 당길 수가 없기 때문입니다.
그러니 사는 것이 당연히 행복하고 평화로울 수밖에요.

저는 재래시장에 자주 갑니다.

가서 먹거리도 사고, 생필품도 사고,

구수한 순댓국 냄새도 맡고

보리밥도 사먹고 떡볶이도 사먹습니다.

그러나 제가 재래시장에 자주 가는 진짜 이유는

사람 사는 모습을 보고 싶어서입니다.

재래시장에 가면 나의 수많은 어머니와 아버지가 계시고

누이와 동생과 형들이 있습니다.

추운 겨울날 영하 십도가 넘는 노천에서

곱은 손 호호 불며 한 줌의 냉이에

한 줌 행복을 가득 얹어 파는

할머니들의 모습을 볼 때 제 마음은

한없는 감사와 연민의 물결로 가득 찹니다.

그분들이 바로 저의 부처님이고 인생 스승님들이고

사랑하고 존경하는 행복나무들입니다.

모든 만남에는 세 가지 원칙이 있습니다.
첫째는 반가움이고,
둘째는 유익함이며,
셋째는 즐거움입니다.

성공한 사람일수록 이 세 가지 원칙에
충실한 사람입니다.
거지를 만나도 반가운 사람,
거지를 만나도 유익하게 생각하는 사람,
거지를 만나도 즐겁게 생각하는 사람,
그런 사람은 성공하지 말라고
쫓아다니며 훼방을 놓아도
성공하게 되지요.
부처님과 예수님과 간디와 테레사 수녀가
바로 그 성공학의 모델입니다.
지금 이 순간부터 그렇게 살아보지 않으실래요?

남을 조절하려고 하지 마십시오.

우리는 나 자신 외에는
아무도 조절할 수 없습니다.

설령 아내와 남편과 자식일지라도.

타자를 타자로 인정할 때
나도 비로소 그들로부터 인정받습니다.

때로는 자신의 삶에
주석을 달아보세요.

사랑, 봉사, 명상, 보시, 감사, 사과, 관용, 헌신, 자비….

본문보다는 주석이
자신의 삶을 훨씬 더 빛나게 할 때가 많습니다.

인간이 살아가는 데 가장 중요한 건
방향성입니다.
어떤 길을 가느냐에 따라
가장 나쁜 결점이
가장 큰 자산이 될 수도 있기 때문입니다.

두려움은
우리의 삶을 좀 먹는 녹입니다.
그것은 우리의 삶을 괴롭히는
고동의 원천이기도 합니다.
실패에 대한 두려움,
손해에 대한 두려움,
다른 사람의 의견에 대한 두려움,
막연한 삶에 대한 두려움.

기도와 명상과 알아차림은
우리가 그 두려움의 녹에서 벗어나
삶의 해방을 맛보게 합니다.
우리가 기도와 명상과 알아차림을
생활화해야 하는 이유입니다.

두려움 중에서도 가장 큰 두려움은
내가 이미 소유하고 있는
어떤 것을 잃지는 않을까 하는 두려움과
내가 바라고 있는 어떤 일을
성취하지 못하면 어쩔까 하는 두려움입니다.
인간의 삶은
영원히 만족할 수 없는 욕망에
기반을 두고 있기 때문입니다.
그런 욕망과 기대를 놓아버릴 때
삶에 평화가 옵니다.

겸손은 우리를 새 세상으로 이끌어줍니다.
불안한 욕망과 기대로 점철된 우리의 삶을
드넓은 곳으로 안내해줍니다.
거기에는 우리가 상상한 것보다도 훨씬 더
자유롭고 영광스럽고 평화로운 세상이 펼쳐져 있습니다.

그때 그 상황에서 나는 좀 더 인내할 수 없었는가?
그때 내가 너무 옹졸하지는 않았는가?
내 방법, 내 방식대로 해야 한다며
끝까지 내 주장을 굽히지는 않았는가?
그 상황을 두려워하지는 않았는가?

겸손은 이러한 내면의 전쟁에서도 승리할 수 있게 해줍니다.
안 하는 것이 아니라,
덜 하는 것이 아니라,
지혜롭게 그 상황에 대처할 수 있는
힘과 지혜를 주기 때문입니다.
이것은 우리가 겸손에 의지할 때
아주 자연스럽게 오는
삶의 은총입니다.
축복입니다.

겸손함을 추구할 때
우리 삶은 늘 새로운 분기점을 맞이합니다.
겸손이 인생의 짐이 아니라
오히려 간절한 열망으로 바뀔 때
삶의 지평은 무한대로 넓어집니다.
무한대로 넓어진 삶의 지평에서 우리는
끝없는 즐거움과 기쁨을 맛볼 수 있습니다.
겸손은 정직을 불러오고
정직은 감사를 불러오고
감사는 인생의 치유와
행복을 불러오니까요.

기적을 믿고 계신가요?

단언컨대, 믿어도 좋습니다.

우리 자신이 바로 기적이니까요.

신비니까요.

우리 자신이 기적이라는 것을 믿기 때문에

우리는 기적을 믿을 수 있는 것입니다.

아니, 만들 수 있는 것입니다.

기적 같은 하루 속에서

오늘도

더욱 행복한 삶을 살아가십시오.

겸손은 삶을 유용하게 해줍니다.
또한 위급한 상황과 역경 속에서도
능히 대처할 수 있는 힘과
믿음을 불러일으킵니다.
만일 봉사와 헌신과 사랑과 자비를 통해
날마다 이 겸손과 만날 수 있다면
간디를 능가하고
테레사 수녀를 능가하고
달라이 라마와 빌 게이츠를 능가하는
삶의 자산가가 될 수 있습니다.

겸손을 어렵게 생각하지 마십시오.
겸손은 찾아지는 것이 아니라
찾아오는 것입니다.
사랑과 자비와 봉사와 헌신을 생활화할 때
겸손은 손님처럼
저절로 찾아옵니다.
스스로 찾아옵니다.

겸손은 삶의 자양분입니다.
삶의 아픔을 치유하는 약재이기도 합니다.
또한 나로부터 나를 분리하는 힘이기도 합니다.
나보다 위대하신 힘이 내게 내려준
가장 아름다운 삶의 선물입니다.
겸손한 삶을 유지하는 한
삶은 완성의 그날까지 가장 축복받는
축제가 될 것입니다.

물질적인 만족은 삶의 최우선 목적이 아닙니다.

수행을 통한 끊임없는 인격 고양과

건전한 영적 가치관을 갖는 것이 삶의 최우선 목표입니다.

물질적인 욕망은 아무리 채워도 허기가 지지만

인격과 영적 가치관은 조금만 채워도

부자가 되기 때문입니다.

그러기 위해서 가장 먼저 제거해야 할 것은

교만과 자존심입니다.

교만과 자존심은 우리의 삶을 참혹하게 짓밟는

말발굽이니까요.

겸손에도 적정량이 있습니다.

새가 되기 위해서는 알의 껍질을 깨고 나와야 하듯

새로운 삶을 살기 위해선

반드시 고통이라는 대가를 치러야 하기 때문입니다.

겸손한 마음으로

그 고통에 정직히 직면했을 때

새로운 삶은 우리가 기대했던 것보다

훨씬 더 많은 선물을 가져다줍니다.

고통이 곧 겸손을 불러오고

그 겸손이 바로 그 고통을 치유해주기 때문입니다.

그것이 바로 고통이 주는

겸손의 적정량입니다.

분노와 원한과 자기연민은 나와 내 주변의 모든 것을 순식간에 불태워 버립니다. 그 중심에는 바로 내 아집과 아만과 자기중심주의가 자리 잡고 있습니다. 이 세상 모든 사람과 사물들이 내 뜻대로, 내 중심대로 움직여주지 않으니 자기연민이 생기고 분노와 원한이 싹틉니다. 보답을 바라지 않고, 남을 돕고 베풀고 헌신하는 일은 그런 자기중심주의에서 벗어나는 최상의 길입니다.

삶의 내적 평화는 건전한 본정신에서 옵니다.
보시, 자비, 사랑, 봉사, 헌신, 겸손 등이
대표적인 건전한 본정신입니다.
자신의 건전한 본정신이 작동하고 있는 자리엔
이기주의와 자기중심주의와
사리사욕이 낄 틈이 없습니다.
오늘 하루 새 출발을 하기 전,
건전한 본정신이 제대로 작동하고 있는지
꼭 점검하고 출발하세요.

화는 알코올중독에 비유할 수 있습니다.
알코올중독자가 술에 취하는 덴
술의 종류와 상관없습니다.
맥주를 마시든 소주를 마시든
양주를 마시든 막걸리를 마시든
결국은 똑같이 취하고 맙니다.

화도 마찬가지입니다.
아무리 작고 사소한 화라도
한번 화의 방아쇠를 당기기 시작하면
계속해서 화의 방아쇠를 당기게 되고
알코올중독자가 술독에 빠져버리듯이
결국은 화의 용광로 속에 빠져버리게 됩니다.
숙취의 고통이 몇 날 며칠을 가듯
화의 용광로로부터 벗어나는 데도
많은 시간이 걸린다는 것 잊지 마십시오.

현재를 살지 못하는 삶은 죽은 삶입니다.

죽은 삶에서 깨어나십시오.

5장

힘내 힘내

걱정과 고민 가득한 삶에
용기를 주는 말

진실로 행복해지고 싶거든
화내는 일로부터 해방되십시오.
깊은 원한을 품고 사는 것만큼
쓸모없고 소모적인 삶은 없습니다.
화내고 싸우고 복수하는 데 인생을 낭비하지 말고
천지만물과 화목하고
상생하는 삶을 사는데 삶의 전 에너지를 소모하십시오.
행복의 문이 활짝 열립니다.

무슨 일이든 기꺼이 하겠다는 마음처럼
확실하고 정확한 선택은 없습니다.
기꺼이 하겠다는 마음가짐엔
가식과 거짓이 없기 때문입니다.

행복도 내가 끌어들이고
불행도 내가 끌어들입니다.
근심도 내가 끌어들이고
평화도 내가 끌어들입니다.
하지만, 행복도 불행도
근심도 평화도
끝내는 유위有爲입니다.
끌어들임을 놓아버리는 것,
그것이 바로
완전한 자유요 해탈이요 성불이요
무위無爲요 중도입니다.

사실을 사실대로만 보십시오.

거기에 어떤 주관도 끼워 넣지 마십시오.

영화 필름처럼, 사진처럼

사실을 사실대로 볼 줄 아는 눈,

그게 바로 지혜의 눈이요

깨달음의 눈입니다.

'전부' 아니면 '전무'라는 생각은 버리세요. 삶은 극단이 아닙니다. 중도입니다. 이번 생에서 완전무결한 행복과 기쁨을 성취한다는 건 사실상 불가능합니다. 석가모니 부처님께서도 수백 생을 거쳐 완전무결한 행복과 최상의 깨달음을 성취하셨습니다. 하루하루 조금씩 자신의 삶을 있는 그대로 받아들이고 만족하면서 점진적으로 발전해나가는 것, 그것이 행복의 발견입니다.

길은
모든 사람에게 열려있습니다.
다만,
우리가 가지 않을 뿐입니다.

마음에 길을 물으십시오.
거기,
당신의 길이 있습니다.

각성이야말로 삶의 선물입니다.

항상 자기 자신에게 깨어있는 각성의 삶을 사십시오.

각성의 삶은

아무리 캄캄한 터널 속에서도

환한 빛을 발견하게 해줍니다.

간단없는 참회와 자기반성만큼
우리 본성의 어둡고 부정적인 면을
정화해주는 것은 없습니다.
선하지 않은 사람일지라도
간단없는 참회와 자기반성을 받아들이는 순간
그의 삶은 꽃으로 피어납니다.

어두운 동굴 안에서는 아무것도 자랄 수 없습니다.
내 삶의 동굴에
햇빛이 들어올 수 있는 구멍을 만드십시오.
꾸준한 마음챙김과 마음통찰이 그 구멍입니다.
그 구멍이야말로
부처님께서 일러주신
밝음으로 가는 유일한 통로입니다.

마음이 무거우신가요?
“좋아 좋아.”
두 번만 되뇌어보세요.
오목가슴이 시원해질 거예요.
마음이 울적한가요?
“좋아 좋아.”
두 번만 속삭여보세요.
가슴이 뻥 뚫릴 거예요.
세상이 불공평한가요?
“좋아 좋아.”
두 번만 곱씹어보세요.
얼굴이 복바가지가 될 거예요.
“좋아 좋아” 속에
삶의 ‘조화調和’가 들어있답니다.

매사를 단순하게 하십시오.

단순함이야말로 건강하고 튼튼한 삶의 초석입니다.

단순함의 원리는 간단합니다.

먼저 할 일을 먼저 하는 것입니다.

매일매일 나의 먼저 할 일이 무엇인지를 먼저 정하고

그 먼저 할 일을 먼저 하는 것,

그리고 한 번에 한 가지씩만 하는 것,

그것이 행복하고 평화롭게 사는 방법입니다.

삶의 단순함을 견지하는 한

스트레스로 인한 고통과 아픔은

생기지 않습니다.

모든 일엔 양면성이 있습니다.
선과 불선,
행과 불행,
좋음과 나쁨 등
우리 삶은 양면성으로 가득합니다.
그 양면성을
있는 그대로 받아들이십시오.
삶의 양면성을 있는 그대로 받아들이는 순간
평화는 저절로 찾아듭니다.

삶은 양이 아니라 질입니다.
삶의 가치는 곧
질이기 때문입니다.
오늘 하루도
질이 높은 삶을 사십시오.

말馬에게 억지로 물을 마시게 할 수는 없습니다.

그 옆에 조용히

물통을 놓아두기만 하면 됩니다.

가장 낮은 것이,

가장 높은 것입니다.

가장 비천한 것이,

가장 아름다운 것입니다.

배우자가 나를 화나게 하나요?
그럼, 배우자의 눈망울을 들여다보세요.
누가 들어있나요?

자식이 나를 화나게 하나요?
그럼, 자식의 눈망울을 들여다보세요.
누가 들어있나요?

직장상사가 나를 화나게 하나요?
그럼, 그분의 눈망울을 들여다보세요.
누가 들어있나요?

그 눈망울 속에 바로 내가 들어있습니다.
내 눈망울 속에 바로 그들이 들어있습니다.

그들의 눈망울 속에 들어있는 나,
내 눈망울 속에 들어있는 그들,
내가 나에게 화낼 순 없겠지요.

숨길 것이 많다는 것은
그만큼 비겁하다는 뜻입니다.
감출 것이 많다는 것은
그만큼 비열하다는 뜻입니다.
부족하더라도 솔직할 때
훨씬 빛납니다.
모자라도 정직할 때
훨씬 존귀합니다.
빛나는 인생이 되십시오.
존귀한 삶을 사십시오.

진정한 행복은 고통과 함께 삽니다.
모든 고통 역시 행복과 함께 삽니다.
한 생각 뒤집으면 행복이요,
한 생각 뒤집으면 고통입니다.
한 생각 쉬면 행복이요,
한 생각 붙들면 고통입니다.
한 생각 멈추면 행복이요,
한 생각 달리면 고통입니다.
한 생각 내려놓으면 행복이요,
한 생각 담으면 고통입니다.
한 마음 한 생각 멈추고 내려놓는 순간
행복은 시작됩니다.

화가 났나요?

무엇 때문에 화가 났나요?

누구 때문에 화가 났나요?

일 때문에 화가 났나요?

사람 때문에 화가 났나요?

그 일이 어떻게 화나게 했나요?

그 사람이 어떻게 화나게 했나요?

그 일은 가만히 있는데 내가 내 화를 만들어낸 건 아닌가요?

그 사람은 가만히 있는데

내가 내 화를 만들어낸 건 아닌가요?

내 기분에 안 맞으니까

내 마음에 안 드니까 내가 내 화를 만들어낸 건 아닌가요?

가만히 화내는 내 마음을 들여다보세요.

아무리 화가 나도 화를 증폭시키지 마세요.

우리가 화를 내는 것은 어쩌면

자신도 모르게 화난 마음을 즐기고 있기 때문입니다.

화란 놈은 내면 낼수록 더 중독이 되고

불꽃이 되고

미친 짐승이 됩니다.

화가 생각을 붙잡고 있으면

우리의 마음과 영혼은 불타고

끝내는 화가 우리의 주인이 되어버립니다.

화를 내면 누가 괴로울까요?

상대방이 괴로울까요?

내가 괴로울까요?

상대방도 괴롭고 나도 괴롭습니다.

그러나 더 괴로운 건 나입니다.

화를 내는 순간

쓰나미보다 더 무서운 불길이

내 마음과 영혼을 불태워 버리기 때문입니다.

결국 화를 내고 나면

손해 보는 건 나입니다.

아무리 화를 내도 상대방은 내 화난 마음을

조금도 알아주지 않거든요.

세상이 시끄러운가요?
내 마음이 고요해지는 순간
세상도 고요해집니다.

세상이 원망스러운가요?
내 마음이 평온해지는 순간
세상도 평온해집니다.

모든 것은
내 마음 작용이기 때문입니다.

오늘 하루도 내 마음의 필터를
고요하게 끼워보세요.
평화롭게 교체해보세요.

"내가 수확한 고통은 내가 심은 나무에서 자란 것이다."

18세기 영국의 낭만파 시인 바이런의 외침입니다. 바이런은 귀족 가문에서 태어났지만, 몹시 불우한 어린 시절을 보냈습니다. 안짱다리인 바이런은 선천적으로 다리를 절었습니다. 그의 아버지는 방탕한 생활을 일삼았고, 어머니는 변덕맞은 성격으로 늘 바이런을 천대했습니다. 그러나 바이런은 좌절하지 않았습니다. 훗날 케임브리지 대학을 졸업하여 영국 최고의 낭만파 시인으로 명성을 떨쳤으며, 상원의원으로도 활동하였습니다. 이 외침은 바이런의 삶이 고스란히 담겨있는 외침입니다. 바이런의 이 외침을 듣지 못했다면, 아마 저는 20대와 30대를 건너오지 못했을 겁니다. 오늘 여러분과의 만남도 없었겠지요. 참고로 바이런의 아버지는 대부호의 상속녀인 아내의 재산을 완전히 탕진하고 프랑스 파리에서 방랑하다 객사하였습니다. 이런 그의 별명은 '미치광이 존'이었답니다. 제 젊은 날과 참 많이 닮았지요.

"고난이 없으면 성공도 없다."

고대 그리스의 3대 비극 시인 가운데 한 사람인
소포클레스가 한 말입니다.
제 친구 가운데 어떤 친구들은
제가 중이 된 것을 무척 가련하게 생각합니다.
오죽 인생이 안 풀렸으면
중이 되었겠냐 하는 마음에서입니다.
그 친구들에게 저는 말합니다.
나는 지금 얼마나 행복한지 모른다고.
성공의 기준이란 무엇일까요?
명예를 얻는 것?
재산을 많이 모으는 것?
권력을 잡는 것?
신분이 높아지는 것?
다 맞습니다.
하지만 그게 진정한 성공일까요?

부처님 말씀 가운데 이런 게 있습니다.

건강이 가장 큰 이익이고
만족이 가장 큰 재산이며
신뢰가 가장 귀한 친구이다.
그러나 마음의 평안보다 더 행복한 것은 없다.

《법구경》에 나오는 말입니다.
그렇습니다.
진정한 성공이란 더없는 행복으로
'자기가 하고 싶은 일을 하고 사는 것'입니다.
그것이 진정한 출세입니다.
지금 힘들다면,
성공의 문을 향해 잘 가고 있는 것입니다.
소포클레스의 말처럼, 그 힘듦이 바로 성공의 질료이니까요.
반드시 성공하십시오.

"가벼운 슬픔은 말이 많고 큰 슬픔은 말이 없다."

세네카의 말입니다.
문상을 가보면 유가족의 슬픔의 무게를
짐작할 수 있습니다.
진짜 슬픈 사람은 울지 않고 한쪽에 묵묵히 앉아
고인을 추모하는 사람입니다.
슬피 우는 사람에겐 이제 그만 울음을 멈추고
마음을 추스르라고 등을 다독여줄 수 있지만,
말없이 슬픔을 삼키고 있는 사람에겐
위로의 말조차 함부로 건넬 수 없습니다.
그 사람의 슬픔의 무게가 그대로, 온전히 전달되어 오니까요.

인간관계에서도 마찬가지입니다.
진짜 힘든 사람은 자신이 힘들다는 내색을 하지 않습니다.
고통스러워도 고통스럽다는 내색을 하지 않습니다.
대신, 힘든 마음과 고통스러운 감정을
묵묵히 참고 견디며 내일을 준비합니다.

'입'이 고통과 힘듦을 대신해줄 수 없다는 것을
알기 때문입니다.

그러나 때로는 침묵보다 수다가 필요할 때가 있습니다.
깊은 침묵은 돌이킬 수 없는 병이 될 가능성이 크지만,
수다는 아픔과 슬픔과 고통을 남에게 투사하여
속병이나 화병에서 벗어나게 해주니까요.
몸과 마음이 아프고 힘들 때,
슬픔이 가슴을 짓누를 때,
누구라도 붙잡고 수다를 떨어보세요.
엉엉 목 놓아 울어도 보세요.
자기 마음에 정직하고, 자기 감정에 충실할 때
우리는 고통에서 벗어날 수 있습니다.

노래할 땐 온전히 노래만 하십시오.

그것이 해탈입니다.

춤을 출 땐 온전히 춤만 추십시오.

그것이 자유입니다.

슬플 땐 온전히 슬퍼만 하십시오.

그것이 사랑입니다.

쉴 땐 온전히 쉬기만 하십시오.

그것이 평화입니다.

당신은 날마다 무슨 맹세를 하고 있나요?

당신은 날마다 어떤 결심을 하고 있나요?

당신은 또한 날마다 무엇을 위한 다짐을 하고 있나요?

헛된 다짐,

헛된 맹세,

헛된 결심에 눈멀지 마세요.

맹세와 다짐과 결심이 클수록

세상이 더 헛될 수 있으니까요.

맹세와 다짐과 약속이 많을수록

더 고통스러울 수 있으니까요.

겸손은

불도 이깁니다.

겸손은

바다도 이깁니다.

겸손은

돈도 이깁니다.

겸손은

하늘도 이깁니다.

그리고, 겸손은

나도 이깁니다.

일체유심조一切唯心造,
모든 것은 마음에서 일어나는 것을 알고 보고 다루는 것,
그것이야말로 깨달음의 핵입니다.
명상이 필요한 것은 그 때문입니다.

언제 어느 곳에서나 가능한 것이 명상이지만
좀 더 깊은 명상에 몰입하기 위해서는
조용한 곳에서 최대한 편안한 자세로 하는 것이 좋습니다.
누워서 하는 것이 가장 좋지만
누워서 하면 잠들기 쉽습니다.

조용한 곳에 앉아서
눈을 반쯤 뜨고
편안하게 마음을 관찰하고 지켜보는 것,
그것이 명상의 시작입니다.

이중인격을 두려워하지 마십시오.

인간은 누구나 두 얼굴을 가지고 있습니다.

때론 삶에서

이중인격이 필요할 때도 있습니다.

다만, 악한 얼굴과 악한 마음으로

착한 마음과 착한 얼굴을 너무 크게 덮지만 마십시오.

그것을 잘 가려 할 줄 아는 사람이

진정으로 선한 자요, 밝은 선각자입니다.

우리는 누구나
인생의 주인공입니다.
이 세상에
주인공이 아닌 사람은 단 한 명도 없습니다.
그런데 많은 사람이 주인공으로 살지 못하고
조연배우로 긴 인생을 살아갑니다.
나는,
과연,
지금,
내 인생의 주인공인지,
내 삶의 주연배우로
단 한 편뿐인 내 삶의 영화를 잘 찍고 있는지,
돌이켜 보십시오.

우울하고 짜증이 날 땐 외모를 좀 가꿔보세요.

머리를 새로 하고,

새 옷을 입고,

새 안경을 써보고,

새 신도 사 신어보세요.

마음이 한결 가볍고 밝아질 거예요.

내가 아니면

내 인생을 지켜줄 사람은 아무도 없습니다.

내가 아니면

내 인생을 가꿔줄 사람은 아무도 없습니다.

내 인생의 주인공은 바로 나니까요.

세상의 주인공 역시 바로 나니까요.

내 인생에

불필요한 사람들을 초대하지 마십시오.

메아리 없는 산은 죽은 산입니다.
죽은 산이 되지 마십시오.
나의 따스한 메아리 한마디가
죽어가는 사람도 되살릴 수 있습니다.

세상에 옳고 그름은 없습니다.
내 마음의 문이 열려있으면
아무리 나쁜 일도 긍정적으로 받아들여집니다.
그러나 마음의 문이 닫혀있으면
아무리 좋은 일도 삐딱하게 보입니다.
지금 내 마음이 열려있는지 닫혀있는지 살펴보시기 바랍니다.

몸으로 느껴보지 않는 사람은
행복한 삶을 제대로 알 수 없습니다.
내 몸으로 느껴보지 않는 행복은
진짜 행복이 아니기 때문입니다.
내 몸으로 느껴보지 않는 고통도
진짜 고통이 아니기 때문입니다.
거짓 행복과 거짓 고통에 속지 마십시오.
행복도 내 삶이고
고통도 소중한 내 삶입니다.

눈으로는 볼 수 없는 것도
마음으로는 볼 수 있습니다.
귀로는 들을 수 없는 것도
마음으로는 들을 수 있습니다.
입으로는 맛볼 수 없는 것도
마음으로는 맛볼 수 있습니다.
코로는 맡을 수 없는 것도
마음으로는 맡을 수 있습니다.
몸으로는 느낄 수 없는 것도
마음으로는 느낄 수 있습니다.
마음으로 보고, 듣고, 맛보고, 맡고, 느낄 수 있는
성찰과 각성의 삶을 사십시오.

6장

웃어 웃어

힘들고 지친 하루를 안아주고
평화를 주는 말

필요에 의해 사람을 만나지 마십시오.
필요에 의해 사람을 만난다는 것은
언젠가 불필요해지면
그 사람을 만나지 않겠다는 의미를 내포하고 있습니다.

이익에 따라 사람을 판단하지 마십시오.
이익에 따라 사람을 판단한다는 것은
상대방도 나를 이익의 대상으로
저울질하고 있다는 뜻이니까요.

'삶'이라는 말처럼 구체적이고
매력적인 말은 없습니다.
우리가 행하고 사는 모든 것이
'삶'이기 때문입니다.
이 귀한 삶을
함부로 낭비하고 살아선 안 되겠지요?

삶에 과거형은 없습니다.
삶엔 미래형도 없습니다.
삶은 오직 지금, 이 순간
끊임없는 진행형일 뿐입니다.
지금, 이 순간에
충실한 삶일수록
더욱 풍성하고 비옥한 삶이 되겠지요?

고통 너머엔 반드시 희망이 있습니다.
염려 너머엔 반드시 확신이 있습니다.
불안 너머엔 반드시 감사가 있습니다.
오늘 좀 불안하다고,
오늘 좀 고통스럽다고,
오늘 좀 염려되는 일이 많다고
삶의 저 언덕 너머를 포기하지 마십시오.
저 언덕 너머에서
희망과 확신과 감사의 나날이
자작나무 숲처럼 당신을 기쁘게 기다리고 있습니다.

삶은 결국 타인과의 관계에서 형성됩니다.

다른 사람의 삶이 없으면

내 삶도 의미가 없습니다.

내 삶이 타인의 삶이고

타인의 삶이 내 삶일 때

진정한 평화와 자유가 옵니다.

내 삶의 이름을 먼저 부르기 전에

타인의 삶의 이름을 먼저 불러주십시오.

인간도 하나의 동물에 불과합니다.
다만 다른 동물보다 조금 더 똑똑할 뿐입니다.
기왕에 같은 동물이라면
좀 더 똑똑한 동물로 살아야겠지요?
슬플 때 먼저 울고
기쁠 때 먼저 웃고
베풀 때 먼저 베풀고 도와주는 삶,
그게 좀 더 똑똑한 동물의 삶이겠지요?

모든 문제에는 반드시 길이 있습니다.
길이 없는 문제는 문제가 아닙니다.
모든 벽엔 문이 있듯
모든 문제엔 반드시 길이 있다는 확신을 갖고
과감하게 삶의 길에 부딪쳐 나가십시오.
막다른 벽,
거기에 내 길이 있습니다.

열정과 정열을 다하는 삶을 사십시오.
열정과 정열이 없는 삶은 죽은 삶입니다.
열정과 정열도 다하지 않고
삶을 미리 슬퍼하고 미리 포기하는 것은
무덤을 등에 지고 사는 것과 마찬가지입니다.
벌써 무덤이 되고 싶진 않으시겠지요?

시행착오를 두려워하지 마십시오.
시행착오 속에 길이 있습니다.

시행착오를 겁내지 마십시오.
시행착오 속에 보물이 있습니다.

아픔이야말로 오히려 삶의 동력입니다.
아픔이 없으면 발전하지 않기 때문입니다.
아픔이 있기에 우리는 그것을 발판 삼아
성장하고 발전하는 것입니다.
아픔을 삶의 기회와 보물로 삼으십시오.

우리는
지구라는 별에 잠시 파견된 물방울일 뿐입니다.
지구라는 별에 머무는 동안 우리 물방울들은
얼음이 되기도 하고
수증기가 되기도 하고
물이 되기도 합니다.
지금 내 삶이 얼음이라고
수증기라고
흙탕물이라고 희비하지 마십시오.
언젠가는 다시 물방울이 되어
지구라는 별을 미련 없이 떠날 테니까요.

성숙한 인품은 나를 평화로 이끕니다.

미성숙한 인품은 나를 전쟁으로 이끕니다.

성숙한 인품은 나를 행복으로 이끕니다.

미성숙한 인품은 나를 절망으로 이끕니다.

지금 평화의 삶을 살고 있나요?

전쟁의 삶을 살고 있나요?

지금 행복의 삶을 살고 있나요?

절망의 삶을 살고 있나요?

때로는 나잇값 좀 못하고 살아보세요.

세상이 참 편합니다.

때로는 나잇값 좀 안 하고 살아보세요.

세상이 더욱 편안해집니다.

억지로 나잇값하고 살려다보니

인생이 더욱 팍팍하고 힘듭니다.

과유불급過猶不及,

때로는 넘치는 것보다 좀 부족한 것이

인생을 더 풍요롭게 합니다.

세상을 더 평화롭게 합니다.

삶을 더 넉넉하게 합니다.

함께 외쳐봅시다.

"나는 하느님이다!"

"나는 부처님이다!"

"나는 예수 그리스도다!"

"나는 성모 마리아다!"

"나는 우주다!"

그런 뒤 한번 크게 웃어보세요.

"하하하!"

그리고 그렇게 한번 살아보세요.

무엇인가를 원하고 갈망하는 순간
자신도 모르게 고통의 문으로 들어서게 됩니다.
무엇인가를 시도하려 하고,
누군가를 조종하려 하고,
무엇인가를 이루려고 계획하는 것들이
결국은 고통의 원인이 되기 때문입니다.

원하는 것에는 끝이 없습니다.
원하는 것은 다시 원하는 것을 낳게 하고
원하는 것이 내 마음을 장식하게 하는 순간
원하는 것은 계속 윤회를 되풀이 합니다.

이런 고통으로부터 벗어나는 길은 하나입니다.
원하는 것으로부터 자유로워지는 것입니다.

받아들임,

수용受容,

그 속에 화평和平이 있습니다.

그 속에 화쟁和諍이 있습니다.

그것이 공생입니다.

그것이 상생입니다.

어떤 권리로도

우리는 남의 행복을 파괴할 수 없습니다.

마찬가지로 어떤 권리로도

누가 나의 행복을 파괴할 수 없습니다.

누가 내 행복을 파괴할 수 없듯이

나도 남의 행복을 파괴해서는 안 됩니다.

공정하면 싸움이 없습니다.

공평하면 분열이 없습니다.

사랑하면 전쟁이 없습니다.

화평하면 고통이 없습니다.

비우고,

덜어내고,

쓰다듬고,

이따금,

이따금,

서로 어루만져주면 됩니다.

눈을 감고도 자유로운 삶,

눈을 뜨고도 자유로운 삶이야말로

진짜 자유로운 삶입니다.

눈을 감고 있어도 내 인생이고

눈을 뜨고 있어도 내 인생이기 때문입니다.

눈을 감으나

눈을 뜨나

무엇에도 걸리지 않는 삶,

그것이 내 삶의 진짜 목적이니까요.

비울수록 마음이 훤해집니다.

비울수록 마음이 맑아집니다.

훤함은 자유입니다.

맑음은 자비입니다.

훤한 만큼 삶은 더 자유로워지고

맑은 만큼 삶은 더 자비로워집니다.

이제부터 더 자유롭고

자비로운 삶을 살도록 해요.

그것만으로도 우리는

이 세상에 온 값을 충분히 하고 가는 것이니까요.

빅뱅이론에 의하면

태초에 우리 모두는 한 알의 겨자씨처럼

작은 점 안에 함께 들어있었다고 합니다.

그런데 대폭발(빅뱅)이 일어난 순간 은하계가 생기고

태양계가 생기면서 우주가 만들어졌다고 합니다.

빅뱅이 일어나기 전,

우주 안의 모든 존재는 하나였다는 뜻입니다.

인간 또한 마찬가지 아닐까요?

섬과 대륙이 분리되어있는 것처럼 보이지만

밑으로 내려가면 대륙붕 하나로 연결되어 있습니다.

인간 역시 크게는 같게,

작게는 조금씩 다르게 생긴 것뿐 아닐까요?

존재론적 측면에서만 봐도

우리 인간은 이처럼 모두 하나라는 것,

한 뿌리라는 것,

한 몸이라는 것 잊지 마세요.

태초에 한 알의 작은 씨앗에서 분화했기에
우주에 존재하는 모든 생명체와 사물에는
하느님이 깃들어있고
부처님이 깃들어있고
가치로는 평가할 수 없는
거룩한 신비가 깃들어있습니다.
우리 인간들 역시
우리 안에는 하느님이 깃들어있고
부처님이 깃들어있고
거룩한 신비가 깃들어있는 성전입니다.
내 마음이 곧 하느님이고
내 마음이 곧 부처님이고
번뇌가 곧 보리(깨달음)인 것은 바로 그 때문입니다.
다만, 우리가 그것을 부정하며 살고 있을 뿐입니다.

'번뇌즉보리'라는 말을 저는 참 좋아합니다.
이 말은 내가 곧 너이고 네가 곧 나이고,
내가 곧 부처고 네가 곧 부처임을 말해주기 때문입니다.
하지만 우리는 자신도 모르게 스스로
나는 부처가 아니다,
너도 부처가 아니다, 라며
삶의 큰 감옥에 갇혀 삽니다.
사과나무에 아직 사과가 안 열렸다고
사과나무가 아닌 건 아닙니다.
아무리 부정해도
우리는 아직 깨닫지 못한 부처일 뿐.
하느님의 형상을 닮은 하느님일 뿐.
여여실상如如實相일 뿐.
진여眞如일 뿐.

삶이 힘든 것은
원하는 것을 얻지 못해서가 아니라
원하는 그 마음을 내려놓지 못하기 때문입니다.
삶이 힘든 것은
원하는 것을 이루지 못해서가 아니라
이루고자 하는 그 마음을 내려놓지 못하기 때문입니다.
사람들은 말합니다.
간절히 원하면
언젠가는 반드시 이루어질 것이라고.
그러나 그것은 또 다른 시작일 뿐,
원하는 것을 얻는 순간
우리는 또 다른 것을 원하게 됩니다.

때로는 사유와 명상의 힘만으로

잘못된 가치관을 바로잡기가 부족할 때도 있습니다.

바른 가치관 정립을 위해선 안에서의 자극도 중요하지만

밖에서 오는 자극도 매우 중요합니다.

독서와 강연, 연극, 영화 등

문화생활 전반이 밖으로부터 오는 자극 에너지입니다.

그중에서도 독서와 강연이 주는 자극 에너지가 가장 큽니다.

독서를 하고 강연회에 참석해서

좋은 글을 읽고 좋은 말을 듣다보면

생각들이 마구마구 바뀌는 걸 볼 수 있습니다.

마음 안에 들어있던 잘못된 가치관들이

계속 걸러지는 한편,

새로운 가치관, 좋은 가치관들이

그 자리를 계속 채웁니다.

안으로는 사유와 명상을 통해 끊임없이
바른 가치관을 정립하고
밖으로는 독서나 강연회를 통해 끊임없이
바른 가치관을 자극할 때
우리는 더욱 복되고 값진 삶,
행복한 삶을 향유할 수 있습니다.

우리 마음은 본래 무기無記입니다.
선도 아니고 악도 아니고,
선도 없고 악도 없습니다.
단지 내 생각이 내 마음이
선도 창조하고 악도 창조할 뿐입니다.
상대방을 부처로 보면 나도 부처가 되고
돼지로 보면 나도 돼지가 되는 것은 그 때문입니다.
상대방은 가만히 있는데
오직 내 생각이 변할 뿐입니다.
기왕이면 모든 사람을 부처로 보고 살면 어떨까요?
그 사람이 부처가 되기 전에
내 마음이 먼저 부처가 될 겁니다.
부처님만이 부처님을 알아보고,
하느님만이 제 형상을 알아볼 수 있으니까요.

욕망이 마음의 주인이 되게 해서는 안 됩니다.

욕망에 지배당하는 한 우리는 영원히 행복해질 수 없습니다.

욕망을 마음대로 다룰 수 있는 사람만이

진정으로 고통에서 벗어나 행복할 수 있습니다.

자유롭고 해방된 삶을 살 수 있습니다.

니란자나 강가 보리수 아래서

고타마 붓다가 깨달은 첫 번째 진리가

바로 그것이었습니다.

나를 고통스럽게 하는 것은 결국 '포기하지 못하는 마음'입니다. 삶에 만족하지 못하고 스스로 불행하다고 생각하는 것도 마찬가지입니다. 내려놓지 못하는 마음이 나를 불만으로 가득 채우고 불행한 삶으로 이끕니다. 범사에 감사하는 마음으로 나를 내려놓고 보면, 이렇게 살아있는 것 자체만으로도 얼마나 행복하고 귀한 삶인지 모릅니다. 하는 일마다 축복이고 축제이고 감사이고 행복입니다.

부처님 시대의 말인 팔리어에 이런 노래가 있습니다.

"모든 것은 죽는다.
죽는 것은 자연의 법칙이며,
나 역시 죽는다는 것을 의심치 않는다."

우리가 추구하는 삶의 목적은 대부분
기쁨과 즐거움 그리고 소유(부)를 늘려가는 것입니다.
그러나 죽음의 관점에서 보면
그것은 참으로 부질없는 일입니다.
결혼하고, 집을 사고, 재물을 축적하고,
감각을 즐겁게 하는 일들이
죽음 앞에서 무슨 소용이 있겠습니까?
내려놓으면 행복해지는 이유가 거기 있습니다.

한 달 후든, 1년 후든, 10년 후든, 아니면 100년 후든
우리는 반드시 죽게 되어있습니다.
죽음에 대한 분명한 깨달음은
삶에서 무엇이 중요한 일인지를
명확히 알게 해줍니다.
언젠가는 죽으리라는 것을 알면서도
감각적인 쾌락과 즐거움만 추구하며 살기엔
이생의 삶이 너무 아깝습니다.
살아있는 동안 우리가 열심히 공부하고 정진해서
진리를 찾아야 하는 이유입니다.

태어남은 곧 죽음의 선고입니다.

태어난 모든 것은 반드시 죽기 때문입니다.

그러나 두려워할 필요는 없습니다.

죽음은 또한 곧 태어남을 예고하기 때문입니다.

태어나고 죽고, 태어나고 죽고, 태어나고 죽고….

이 불변의 진리를 명확히 직면하고 살 때

우리는 필요 없는 소유에 대한 갈망과 헛된 것에 대한 바람,

애욕, 분노, 질투, 이기심 등

부정적인 생각과 감정들로부터 벗어날 수 있습니다.

현생에 쌓인 그 부정적인 생각과 감정의 무게가

우리의 다음 생을 결정짓는다는 생각을 하면

그 업으로부터 한시바삐 벗어나고 싶을 겁니다.

고타마 붓다가 니란자라 강가 보리수 아래서 깨달은 첫 번째 진리는 '인생은 고苦'라는 것이었습니다. 그 말은 곧 '이 세상에 행복이란 없다'는 선언이었습니다. 두 번째로 깨달은 진리는 '따라서 세상에는 행복이 존재하지 않음을 깨닫고, 행복을 찾아 헤매는 그 마음을 내려놓으라'는 것이었습니다. 이 세상엔 우리가 원하는 행복이 없다는 것을 깨닫는 것이 진정한 행복이라는 선언이었습니다. 이 깨달음을 얻고 난 뒤 고타마 붓다는 최상의 행복을 얻었습니다. 우리가 원하는 행복이 세상에 없음을 알고 기뻐해보십시오. 우리 자신도 모르게 우리 안에 이미 깃들어있는 진정한 행복을 만날 겁니다. 그것이 성불成佛입니다. 즉불卽佛입니다. 비불非佛입니다.

어쩌면 인간은 눈사람인지도 모릅니다.
아무리 녹지 않으려 해도
언젠가는 깨끗이 녹아
한 점 형체도 없이 사라져 갈
눈송이로 빚은 사람인지도 모릅니다.
그렇기에 더욱 소중한 인생입니다.
그렇기에 더욱 존귀한 삶입니다.

비밀이 많을수록
인생은 치명적입니다.
가능한 한 영혼에
비밀을 만들지 마십시오.
가능한 한 마음창고에
비밀을 쌓아두지 마십시오.
비밀이 많은 삶일수록
더 빨리 썩는답니다.

7장

알아 알아

귀를 열고 마음을 열고
관계를 열어 깨달음을 주는 말

누구든지 들어올 수 있도록

마음의 대문을 활짝 열어두십시오.

누군가가 내 마음으로 들어온다는 것은

내 마음의 향기가 그만큼 향기롭다는 뜻입니다.

누군가가 내 마음으로 들어온다는 것은

내 사랑의 향기가 그만큼 맑다는 뜻입니다.

누군가가 내 마음으로 들어온다는 것은

누군가에게 나도 그만큼 사랑받고 있다는 뜻입니다.

내가 먼저 문을 열어야

상대방도 문을 엽니다.

세계적인 수행승이자 명상의 스승이었던
태국의 아잔 차 스님은 말했습니다.

"깨어있으라.
무엇에도 얽매이지 말라.
마음을 내려놓고, 모든 것을 흐르는 대로,
있는 그대로 놓아두라."

그러면서 덧붙였습니다.

"세상을 살아가면서 명상수행을 하는 것,
다른 이들은 당신을 울리지도
소리를 내지도 않은 종처럼
바라볼 것이다.
당신을 쓸모없고, 나약한 사람으로 볼 것이다.
그러나 사실은 그 반대이다."

무슨 종鐘이 되겠습니까?
선택은 우리 자신에게 달려있습니다.

절망의 순간에도 입가에 웃음을 머금을 줄 아는 사람,

슬픔의 순간에도 입술에 미소를 머금을 줄 아는 사람,

죽음의 순간에도 나보다 남을 더 생각할 줄 아는 사람,

고통의 순간에도 나보다 남의 고통을 먼저 생각하는 사람,

참 아름다운 사람.

인생은 벽돌쌓기입니다.

터파기를 하지 않고는 벽돌을 쌓을 수 없습니다.

맨 아래부터 쌓지 않고 맨 위부터 쌓을 순 없습니다.

인내심과 끈기를 가지고

한 장 한 장 벽돌을 차곡차곡 쌓아가야

아름답고 훌륭한 담을 쌓을 수 있습니다.

하지만 얼마나 많은 사람들이 터파기도 제대로 하지 않은 채

인생의 벽돌쌓기를 시작하는지 모릅니다.

맨 아래층도 쌓지 않고 맨 위층부터 쌓으려고 합니다.

명상은 벽돌쌓기의 터파기입니다.

단 5분이라도, 조용한 명상으로 아침을 시작해보세요.

그날 하루치의 벽돌쌓기가 얼마나 행복하고

신나고 기쁜지 모릅니다.

인생이라는 벽돌을 쌓다보면
누구나 한두 장쯤은 잘못 쌓을 수 있습니다.
아니, 더 많이 잘못 쌓을 수도 있습니다.
그러나 잘 쌓은 벽돌에 비하면
잘못 쌓은 벽돌은 극소수에 불과합니다.
그런데도 우리는 잘못 쌓은 벽돌에만 관심을 둡니다.
불행은 거기서부터 시작됩니다.

잘 쌓은 수많은 벽돌은 바라보지 않고
잘못 쌓은 몇 장의 벽돌에만 초점을 맞추다보니
삶이 힘들어지고 고통스러워지는 것입니다.
잘못 쌓은 몇 장의 벽돌보다
훨씬 잘 쌓은 수많은 벽돌에 눈길을 줄 때
우리는 더욱 평화롭고 행복한 삶을 살 수 있습니다.

사람들이 죄책감에 사로잡히는 것은

죄책감을 있는 그대로 받아들이지 못하기 때문입니다.

잘못한 일이 있으면 죄책감이 드는 것은 당연한 일입니다.

죄책감을 있는 그대로 받아들일 때

죄책감에서 벗어나는 길도 열립니다.

어둡다고 불평하는 것보다

촛불을 켜는 것이 훨씬 지혜롭기 때문입니다.

잘못된 일로 고민하지 말고

잘못된 일을 있는 그대로 받아들이십시오.

반드시 해결책이 보입니다.

봉사의 본질은 내가 남을 돕는 것이 아니라

남으로부터 내가 도움을 받는 것입니다.

봉사를 하는 순간

내 마음이 행복과 보람으로 가득 차기 때문입니다.

봉사는 내 마음이 쉬어가는 시간이자 공간이기도 합니다.

어수선하고 바쁜 마음을 모두 내려놓지 않으면

봉사를 할 수 없기 때문입니다.

봉사는 죄책감을 내려놓는 길이기도 합니다.

봉사를 하는 동안

나를 괴롭히는 죄책감도 함께 녹기 때문입니다.

수많은 성자聖者들이

봉사와 섬김과 헌신의 길을 간 것도 그 때문입니다.

앞으로 할 일보다

지금까지 한 일에 초점을 맞추는 것이 행복의 비결입니다.

지금까지 잘못하고 살아온 일보다

지금까지 잘하고 산 일에 초점을 맞추는 것이

행복의 핵심입니다.

앞으로 할 일과 잘못하고 살아온 일에만

초점을 맞춘다면

우리는 영원히 마음의 평화와 행복을 만나지 못합니다.

행복은 고통의 끝이 아니고
고통은 행복의 끝이 아니라는 말이 있습니다.
맞습니다.
삶은 고통과 행복이 끊임없이 순환하는 수레바퀴입니다.
고통도 놓아버리고 행복도 놓아버릴 때
우리는 완전한 자유와 평화를 얻을 수 있습니다.
내 안의 싸움을 멈추고
언제든지 자유와 평화가 들어올 수 있도록
삶의 굴레와 마음의 대문을 활짝 열어두십시오.

울지 마세요.

우리는 사랑받기 위해 태어나지 않았습니다.

우리는 사랑하기 위해 태어났습니다.

받는 것은 사랑이 아닙니다.

탐욕입니다

욕심입니다.

주고

또

주는 것,

그것이 진짜 사랑입니다.

우리 마음속에는 수많은 거미줄이 엉키고 쳐져있습니다.
사랑, 분노, 두려움, 고통, 행복, 용서, 자유 등
사방으로 엉키고 쳐진 그 거미줄들은
때로는 긍정적으로 때로는 부정적으로
우리를 이끌어갑니다.
긍정적인 거미줄이든 부정적인 거미줄이든
그 거미줄들을 우리 마음속에서 완전히 걷어낼 때
진정한 행복과 자유가 찾아옵니다.
명상은 우리를 그 문으로 친절하게 안내해줍니다.

아무리 추한 것이라도
그것만의 아름다움이 있습니다.
아무리 미운 사람이라도
그 사람만의 장점이 있습니다.
그것을 발견해낼 줄 아는 당신은
참으로 밝은 눈을 가진 사람입니다.
참으로 아름다운
마음의 눈을 가진 사람입니다.

나와 가장 가까이서 가장 오래 지내온 사람은
바로 나 자신입니다.
그런 나를 내가 먼저 사랑해주지 않으면
누가 먼저 나를 사랑하고 인정해주겠습니까?
진정한 사랑을 실천하기 위해서는
먼저 자신을 사랑하는 법부터 배워야 합니다.

용서야말로 자기 비난의 감옥에서 걸어 나오는 길입니다.
용서야말로 자기 비난의 굴레에서 벗어나는 길입니다.
용서하지 않으면 용서하지 않은 만큼 고통스러운 사람은
바로 자기 자신입니다.
진정한 자기 사랑은 자기 용서에서부터 시작되고
진정한 자기 용서가 없으면
남도 용서하고 사랑할 수 없습니다.

진정한 사랑은 상대방의 장점과 함께
단점도 사랑하는 것입니다.
장점은 누구나 사랑할 수 있습니다.
그러나 오랜 시간을 함께하다 보면
상대방의 장점보다는 단점이 더 눈에 띄기도 합니다.
이때 상대방의 단점까지도 사랑할 줄 아는 사람은
그것 때문에 사랑이 식지 않습니다.
그것이 바로 위대한 사랑이고 영원한 사랑입니다.

사랑은 환상이 아닙니다.

현실입니다.

환상이 사라지고 난 뒤 실망하게 되는 사랑은

진정한 사랑이 아닙니다.

환상이 사라져도 그 자리에

그대로 있는 사랑만이

진짜 사랑입니다.

이기심과 자만이 사라진 사랑,

그것이 진짜 사랑이고 위대한 사랑이고

현실까지도 사랑하는

진정한 사랑입니다.

미래에 어떤 일이 일어날지는 아무도 모릅니다.

그러니 미래에 일어날 일로 두려워하지 마십시오.

미래에 일어날 일은 아무도 모릅니다.

오직, 인생이라는 전체의 숲만 보고 걸어가십시오.

나의 삶은 수많은 가능성 중에 하나일 뿐입니다.

그것이 미래의 두려움에서 벗어나는

자유의 길입니다.

미래처럼 불확실한 일은 없습니다.

그럼에도 우리가 미래의 일로 두려워하는 것은

불확실한 일에 내 삶을 맡기기 위해

미리 준비하고 있기 때문입니다.

미래의 두려움에서 벗어나는 길은

미래의 불확실성을 온전히 깨닫는 것입니다.

어떤 경주마가 1등으로 들어올지 아무도 모르는 것처럼

미래의 불확실성을 명확히 깨닫는 순간

삶의 두려움은 눈 녹듯이 사라집니다.

고독을 두려워하지 마세요.

홀로 있는 시간이야말로

당신의 삶을 건강하고 튼튼하게 해주는

비타민제니까요.

홀로 있는 시간에만

존재를 보고

우주를 보고

무한자를 볼 수 있으니까요.

기쁨은 물론 절망, 고독, 슬픔, 상처는

기나긴 인생길에서

필연적으로 마주칠 수밖에 없는 길동무입니다.

때로는 그 길동무들이 갑자기 강도로 변해

당신의 재산을 다 빼앗아가 버릴 수도 있습니다.

그래도 그 길동무들을 배척하지 마십시요.

그 길동무들은

당신에게 더 큰 기쁨과 깨달음을 가져다주기 위해

당신의 낡은 창고를

대청소하고 있는 중인지도 모르니까요.

재고 조사하고 있는 중인지도 모르니까요.

전화위복이라는 말도 있잖아요.

그 어떤 것도 영원한 것은 없습니다.

갈대처럼 서로 의지해서 존재하다가

조건이 다하면 소멸합니다.

그러므로 우리는 늘 이별 연습을 하고 살아야 합니다.

사랑하는 사람은 물론

명예와 부귀와 심지어 내 생명과도

헤어지는 연습을 해야 합니다.

준비되어있는 사람만이 집착에서 벗어나

죽음의 순간이 다가와도

신천지를 향해 기쁘게 떠날 수 있으니까요.

주머니에 송곳을 넣곤 살 수 없습니다.

언제 그 송곳이 자신의 허벅지를 찌를지 모르니까요.

화는 송곳과 같아서

언제 내 마음을 찌르고

상대방을 찌를지 모릅니다.

지금 내 마음 주머니에 송곳이 들어있거든

바로 꺼내

삶의 연장통에 깊숙이 넣어두세요.

그리고 나를 찌르지 않게 가끔 돌아봐주세요.

언젠가 기쁨의 집을 지을 때

꼭 필요한 연장이 될 수도 있으니까요.

•

프로야구와 프로축구는 우리나라 국민스포츠입니다.

야구장과 축구장에 가면

세 부류의 사람들이 있지요.

선수와 물건을 파는 상인과 관객들이에요.

이 가운데 누가, 어떤 사람들이,

그 경기를 가장 잘 이해할까요.

당연히 관객들입니다.

선수들은 이기는 데만 집중하고

상인들은 한 물건이라도 더 팔기 위해 몰두하지만

관객들은 경기를 음미하고 관조하며

경기 자체를 즐기거든요.

삶도 마찬가지입니다.

내가 내 삶의 관객이 되어

관조하는 마음으로 즐기고 살 때

훨씬 더 자유롭고 행복한 삶을 살 수 있습니다.

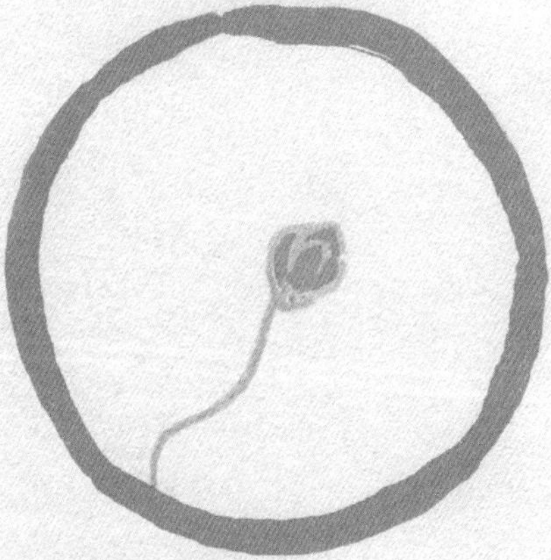

상처받을까 두려워 사랑하지 못하는 사람은

영원히 사랑할 수 없습니다.

실패할까 두려워 시작하지 못하는 사람은

영원히 성공할 수 없습니다.

무엇인가를 얻기 위해선

반드시 무엇인가를 시작해야 합니다.

한 번도 상처받지 않고

한 번도 실패하지 않은 사람은 아무도 없습니다.

심지어 부처님과 예수님까지도요.

기왕에 가지려면

더 큰 꿈을 가지세요.

큰 나무 밑에서 작은 나무가 자라듯이.

기왕에 웃으려면

더 크게 웃으세요.

당신의 웃음이

옆 사람들에게까지 전염되도록.

기왕에 기뻐해주려면

아낌없이 기뻐해주세요.

언젠가는 그 사람도 당신을 위해

아낌없이 기뻐해줄 수 있도록.

어둠을 넘어서기 위해서는
빛이 필요합니다.
자등명법등명自燈明法燈明이 그것입니다.
스스로의 불도 켜고
밖에서 오는 불빛도 아낌없이 받아들이십시오.
모두가 다,
모든 것이 다,
스승입니다.

난관과 장애를 두려워하지 마십시오.

난관과 장애를 만나지 않으면 인간은 고민하지 않습니다.

모든 철학적 사유는 물론 종교와 문화도

인간이 한계점에서 맞닥뜨린

어려움과 장애에서 시작되었습니다.

그 어려움과 장애를 극복하고

어떻게 하면,

어떻게 살면,

행복하게 잘 살 수 있을까 고민하는 데서

종교가 시작되고 철학이 시작되고

인류의 모든 문화와 문명이 시작되었습니다.

그러므로 오늘 만난 어려움과 장애를 기뻐하세요.

당신의 행복이 싹트기 시작했다는 증거이니까요.

지금 당신이 원하는 삶을 살고 있나요?
그렇지 않다면,
지금 당신의 삶의 주인공은 누구인가요?

소크라테스는
"음미하지 않는 삶은 살 가치도 없다"라고 했습니다.
그런데도 얼마나 많은 사람이
음식 맛보듯 삶을 소중하게 살지 않고
게걸스럽게 사는지 모릅니다.

반성과 성찰이 없는 삶은 죽은 삶이란 것 잊지 마세요.

사랑은 완전함을 향한 갈망입니다.

그래서 끝날 수 있는 것이 아닙니다.

순간순간의 사랑이

순간순간의 사랑으로 이어져 영원함이 되고

순간순간의 사랑이

순간순간의 사랑으로 쌓여 완전함이 되고

그 완전함이 쌓여 우주가 되고

내 인생이 되니까요.

‘나’를 한자로 쓰면 ‘나我’입니다. 자세히 보면 ‘나我’의 형상이 참 재미있게 이루어져 있습니다. ‘손 수手’자와 ‘창 과戈’자로 이루어져 있기 때문입니다. 말하자면, 손에 창을 들고 있는 사람이 ‘나’입니다. 여기서 손에 창을 들고 있다는 의미는 무엇일까요? 적으로부터 나를 방어한다는 의미도 있지만, 내 마음에 안 들면 공격하겠다는 뜻도 담고 있습니다. 그러므로 ‘나 아我’자는 모든 상대를, 심지어는 가족조차도 내 적으로 상정한 채 대치하고 있다는 뜻이기도 합니다. 우리가 ‘나’ ‘나’ ‘나’ 하며, ‘나’만을 좋아해서는 안 되는 까닭입니다. 지옥을 파는 놈도 그 ‘나’라는 놈이고 전쟁을 끌어오는 놈도 바로 그 ‘나’란 놈이라는 거, 이제 잘 아시겠지요?

생명은 에너지입니다.
따라서 생명을 가진 모든 것은
반드시 무언가를 향해 앞으로 나아가게 되어있습니다.
중요한 것은 나아갈 때 잘 나아가야 한다는 겁니다.
잘못 가면 낭떠러지로 떨어져 나락으로 가거나
늪에 빠져 흔적도 없이 사라져 버리기 십상이기 때문입니다.
반대로 잘 가면 천상으로도 가고 극락으로도 가고
천당으로도 갈 수 있습니다.
삶이 끝없이 길을 묻는 길의 과정인 것은 그 때문입니다.

궁극적으로 우리가 가야 할 길은 무엇일까요?

더불어 궁극적으로

우리가 도달해야 할 목적지는 어디일까요?

삶의 목적과 나침반은 단 하나, '행복'입니다.

수많은 종교인과 철학자가

인생의 목적과 나침반을 찾아 헤맸지만

결국 찾아낸 것은 단 두 글자,

'행복'이라는 단어뿐이었습니다.

이제 인생의 나침반을, 삶의 목적을 멀리서 찾지 마십시오.

바로 지금 내 안에 들어있으니까요.

그래서 지금, 바로, 꺼내 쓰기만 하면 되니까요.

행복이란 어떤 거창한 존재가 아닙니다.
그냥 좋은 느낌입니다.
느낌이 좋으면 행복한 것이고
느낌이 좋지 않으면 불행한 것입니다.

인생이란 별거 아닙니다.
기분 좋자는 것이 인생입니다.
하루하루 기분 좋게 살 때 행복한 인생이 되는 거지요.
그러기 위해서 조금은 노력해야 합니다.
싹이 돋고 잎이 나고 꽃이 피어야
열매를 맺을 수 있듯이 말입니다.
아무런 노력도 없이 행복해지겠다는 건
도둑 심보나 다름없습니다.
혹시 내 마음 속에
그런 도둑놈 심보가 들어있는 건 아니겠지요?

행복은 권리이자 의무입니다.

내가 행복해질 권리도 있지만

내 가족을, 내 이웃을,

우리 국가를 행복하게 해줄 의무도 있습니다.

권리만 넘치고 의무는 없는 세상이라면

너무나 이기적이고 막가는 세상 아니겠어요?

막가는 세상에선

자연히 내 행복도 막가버릴 테고요.

행복은 감동에서 시작됩니다.

갓난아이가 행복하게 활짝 웃으면 부모는 어때요?

웃지 말라고 해도 아주 행복하게 활짝 웃습니다.

반대로 부모가 행복하게 활짝 웃으면 어때요?

영문도 모른 채 아이들도 덩달아 활짝 웃습니다.

그게 감동입니다.

학교에서도, 직장에서도, 친구 간에도, 이웃 간에도,

아니 낯선 사람들 사이에서도

감동 에너지와 행복 바이러스는 그렇게 강하게 퍼집니다.

8장

그럼 그럼

옳고 그른 것을 떠나
용서와 화해를 부르는 말

인생은 상황의 몫이 아니라 해석의 몫입니다.

상대방이 얼굴을 찡그리고 있어도

내 해석에 따라

그것이 내 마음을 바꾸고

내 하루를 바꾸고

내 삶을 바꾸는 선물이 될 수 있기 때문입니다.

상대방이 바로 내 거울이니까요.

감동 없는 하루는 죽은 하루입니다.
그날 하루는 행복할 일 없이 살았다는 뜻이니까요.
우리 삶에 감동 없는 순간이란 없습니다.
복권에 당첨되고, 승진하고,
상장을 받는 것만이 감동이 아닙니다.
아프지 않고 밥 잘 먹는 것도 감동이고,
마실 물이 있다는 것도 감동이고,
숨 쉴 공기가 있다는 것도 감동이고,
전화할 친구가 있다는 것도 감동이고,
오줌을 잘 눌 수 있다는 것도 감동입니다.
거꾸로 그런 것들이 없고, 못한다고 생각해보세요.
삶이 어떻게 되겠어요?
그게 바로 '있고 없음의 차이'입니다.
큰 감동보다는 작은 감동에 깨어있을 때
삶엔 행복이라는 기적이 찾아온답니다.

인간은 착각하는 존재입니다.

인간의 뇌는 사실과 상상을 잘 구분하지 못하기 때문입니다.

그렇다면 기왕 착각하고 사는 것,

긍정적인 쪽으로 착각하고 살면 어떨까요?

행복한 쪽으로 착각하고 살면 어떨까요?

"좋아 좋아."
한 발만 더 배려하고
"좋아 좋아."
한 발만 더 양보하고
"좋아 좋아."
한 발만 더 긍정하고
"좋아 좋아."
한 발만 더 받아들이면
빛나는 당신이 있고
빛나는 태양이 있고
빛나는 우리가 있습니다.

생각은 과거로 가면 분노를 불러오고

미래로 가면 근심, 걱정, 불안, 두려움을 불러옵니다.

그러므로 행복해지기 위해선 그 생각들을 멈춰버리면 됩니다.

그게 어려우면 버리면 됩니다.

그런데 그게 쉽지가 않지요.

오랜 세월, 마음공부를 하고

깊은 명상을 통해 선정에 도달한 사람만이

그 생각을 자유자재로 멈추기도 하고 버릴 수도 있습니다.

사색을 통한 인식의 전환이 필요한 것은

그 때문입니다.

사람들은 대개 없는 쪽이나 부족한 쪽에
눈길(관점)을 주고 징징거리며 삽니다.
있거나 넘치는 것 쪽에 눈길(관점)을 주고
행복하게 사는 사람은 그리 많지 않습니다.
그게 대부분의 세상 사람들 모습입니다.
그러나 아직도 사이다병에 사이다가 반이나 남아있습니다.
퇴근 후엔 돌아갈 집과 가족이 있습니다.
힘들 때 위로해줄 친구가 있습니다.
공기가 있습니다.
물이 있습니다.
바람이 있습니다.

불행한 사람과 행복한 사람의 차이는 아주 간명합니다.
없거나 부족한 쪽에 눈길을 주는 사람은
아무리 흘러넘쳐도 만족할 줄 모릅니다.
그래서 항상 불행하다고 생각합니다.

하지만 만족할 줄 아는 사람은

항상 있는 것 쪽에 눈길을 주고 삽니다.

그래서 항상 넘치는 행복 속에 있다고 생각합니다.

행복과 불행의 차이는 단 하나,

'생각과 관점의 차이'일 뿐입니다.

생각해보면 우리는 '이미 있고'
'이미 이룬 것' 속에 살고 있습니다.
그 가운데서도 '이미 이룬 것'보다는
'이미 있는 것' 속에서
충분한 풍요와 혜택을 누리며 살고 있습니다.
저의 스승이신 용타 큰스님께서는 그것을
'기존기성既存既成의 행복'이라고 했습니다.
그러면서 그것만으로도 우리는 이미 99.999퍼센트
넘치는 행복 속에 살고 있다고 했습니다.
맞습니다.
우리가 불행해하는 것은
단지 조금 모자란 0.001퍼센트 때문입니다.
못 이룬 0.001퍼센트가
우리를 고통과 전쟁으로 몰아가고 있습니다.
99.999퍼센트 이미 가지고 있고 이미 이루고 있는 사실에
눈 뜨는 순간, 우리 앞엔 지상 최고의 천국이 열릴 것입니다.

감사일기 쓰기는

우리의 행복지수를 높이는데 아주 좋은 습관입니다.

'어머니께서 따뜻한 아침밥을 지어주셔서 감사합니다.'

'내 발로 걸어서 화장실에 갈 수 있어서 감사합니다.'

'숨 쉬고 살 수 있는 맑은 공기가 있어서 감사합니다.'

'햇빛이 있어서 감사합니다.'

'숟가락이 있어서 감사합니다.'

'젓가락이 있어서 감사합니다.'

'손가락이 있어서 감사합니다.'

'대화를 나눌 친구가 있어서 감사합니다.'

매일 다섯 개씩 감사 일기를 써보세요.

불우한 어린 시절을 보낸 오프라 윈프리는

그렇게 해서 미국 최고의 방송인이 되었고

세계에서 가장 영향력 있는 인물로 꼽히기도 했답니다.

어느 날, 하얀 사기로 된 커피잔으로 커피를 마시며
'커피잔 명상'을 했습니다.
잔에 손잡이가 달려있어 커피를 마실 때
편하게 해줘 감사하고,
잔이 두꺼운 사기로 되어있어 입술에 대도
뜨겁지 않아서 감사하고,
잔 색깔이 하얀색으로 되어있어
순결한 느낌을 주어 감사하고,
잔의 깊이가 마시기에
적당한 양의 커피를 담게 되어있어서 감사했습니다.
그렇게 커피잔 하나를 두고 명상을 하면서
감사거리를 찾았습니다.
5분도 안 되는 짧은 시간에
스무 개 이상의 감사거리가 찾아졌습니다.
커피를 마시는 내내 참으로 행복했습니다.
그 순간, 다시 한 번 놀라운 깨달음이 왔습니다.

커피잔이 행복해서 내가 행복했는가?

아니면, 내 마음이 행복해서 내가 행복했는가?

커피잔은 그냥 그대로 있는데

그것을 바라보는 내 마음이 행복해서

내가 행복한 것이었습니다.

자기 자신에게 먼저 마음을 여십시오.
그것이 진정한 사랑입니다.
자기 자신을 사랑하지 못하는 사람은
진정으로 남을 사랑할 수 없습니다.
진정한 사랑은
남을 사랑하는 만큼 자신을 사랑하고
자신을 사랑하는 만큼 남을 사랑하는 것입니다.
마음의 문을 활짝 열고 가장 먼저 들어가야 할 사람은
바로 자기 자신입니다.
마음의 문을 열고 먼저 들어가십시오.

사람을 바라볼 때

'그 사람이 부처다' 하고 바라보면

내가 먼저 좋아집니다.

그 사람이 진짜 부처여서가 아니라

내 마음이 먼저 부처가 되기 때문입니다.

그 사람은 그대로 있지만

내 마음이,

내 생각이,

부처로 바뀐 탓이지요.

행복은,

인생의 상황과 그 상황을 바라보는

우리의 태도에 달려있습니다.

내 마음가짐이 그것입니다.

상태는 동일한데 그 상태를 바라보는

내 마음가짐에 따라,

내 태도에 따라,

행복해지기도 하고 불행해지기도 합니다.

어느 랍비는 말했습니다.

"행복은 원하는 것을 갖는 것이 아니라

당신이 갖고 있는 것을 원하는 것이다"라고.

맞습니다.

행복한 자는 갖고 있는 것을 사랑하고

불행한 자는 갖고 있지 않은 것들을 사랑하는 사람입니다.

누군가에게 주고 사는 것처럼 아름다운 일은 없습니다. 주는 버릇을 자꾸 하면 탐심이 사라집니다. 다시 말해, 탐심을 없애는데 가장 좋은 방법은 '보시'라는 말입니다. 미래에 대한 불안 때문에 꼭 필요한 것은 꼭 가져야 하지만, 비워두면 참으로 시원한 것이 마음입니다. 더 즐거운 것은 비워두면 늘 새로운 것으로 채울 수 있다는 사실입니다. 그렇게 온전히 비우고 사는 사람이야말로 진정으로 무아의 삶을 실천하고 사는 사람입니다.

바른 나무에게는 바른 모습이 본래 모습이고,
구부러진 나무에게는 구부러진 모습이
본래 모습이자 바른 삶입니다.
거지나 돼지를 볼 때 낮춰보지 마십시오.
거지는 가장 거지답게 사는 것이 거지의 바른 모습이고
돼지는 가장 돼지답게 사는 것이 돼지의 바른 삶입니다.
거지나 돼지라고 업신여기는 것은
우리의 착각이자 편견일 뿐입니다.
착각과 편견에서 벗어나
사실을 있는 그대로 보는 눈과 마음,
그것이 행복의 기초논지요 기초논법입니다.

내 안의 나를 착각하지 마십시오.

상대방을 내 생각대로 바라보는 것은

언제든지 착각을 일으킬 수 있습니다.

그러므로 상대방을 내 생각대로 바라보기 전에

내 안의 나를 먼저 직시하십시오.

상대방을 탓하기 전에

내 안의 내가 말하는 소리에 먼저 귀 기울이십시오.

사랑과 집착은 다릅니다.

사랑은 사랑으로 되돌아옵니다.

그러나 집착은 아무리 사랑을 줘도

사랑으로 되돌아오지 않습니다.

집착하기 전에

상대방의 사랑의 방식을 먼저 받아들이십시오.

내 사랑의 방식대로

상대방도 나를 사랑해주길 바라는 것은

사랑이 아니라

상대방을 괴롭히는 것입니다.

'역지사지'라는 말처럼

행복의 구슬을 꿰는 데 좋은 도구는 없습니다.

내 입장만 내세우려고

남의 입장을 무의미하게 만들지 마십시오.

입장 차이는 매사에 있을 수 있습니다.

다른 사람의 입장을 먼저 존중해줄 때

해결의 실마리는 물론,

행복의 구슬 꿰기도 저절로 추스려집니다.

대가를 바라지 않는 사랑이야말로 진정한 사랑입니다.

대가를 바라지 않는 친밀함이야말로 진정한 친밀함입니다.

대가를 바라지 않고 나누는 축복이야 말로

진정한 축복입니다.

그러기 위해선 이 모든 것을 몸으로 보여줘야 합니다.

몸으로 말해야합니다.

남의 머리카락에 묻은 먼지는 찾아내면서

자기 코에 붙은 파리는 못 보는 것이 인간입니다.

화, 비난, 거짓, 폭력 등 부정적인 사고방식이나 행동은

고통과 상처만 증폭시킬 뿐,

어떤 문제도 풀어주지 못합니다.

내 마음의 상처만 더 깊게 할 뿐입니다.

어떠한 경우에라도 나를 잃어버리지 마십시오.

말은 긍정적으로 진화할 수 있지만
부정적으로도 진화합니다.
오히려 부정적으로 진화할 때가 더 많습니다.
부정적인 진화를 막기 위해선
말하기 전에 내가 무슨 말을 할지
명백히 해두면 좋습니다.
슬기를 내뿜을 땐 착한 입이지만
악기를 내뿜을 땐 도끼입니다.

상대방을 변화시켜 애정과 헌신을 바라는 것은

절간에 가서 고기를 찾는 것과 같습니다.

상대방을 변화시켜 내 기대에 맞는 사람으로 바꾸려는 것은

철물점에 가서 빵을 사려는 것과 같습니다.

사랑은 여러 가지 방법으로 표현할 수 있습니다.

상대방을 변화시켜 나의 행복을 찾으려하지 말고

나를 변화시켜 모두의 행복을 찾으십시오.

우리 삶에는

감사하고 기뻐할 일이

매우 많습니다.

살고,

성장하고,

즐기고,

나누는 모든 기회를

놓치고 살지 마세요.

그 모든 것이

다,

기쁨입니다.

"천 리 길도 한 걸음부터"라는 말이 있습니다.

맞습니다.

나는 '오늘'이라는 한 걸음으로 이루어진

천 리 길을 걷고 있습니다.

아무도 대신 천 리 길을 걸어주지 않습니다.

걷는 것도 내 몫이고, 걷지 않는 것도 내 몫입니다.

오늘 하루도

'오늘'이라는 한 걸음 잘 걸으십시오.

초연해지는 것은
남과 나를 분리한다는 뜻이 아닙니다.
초연해지는 것은
나도 하나의 독자적인 인격이라는 것을 깨닫는 것입니다.
다른 사람의 문제와 나의 문제를 분리할 때
문제는 더 빨리 해결됩니다.
그것이 초연의 본질입니다.

아무리 가까운 가족의 일이라도
감정적으로 말려들지 마십시오.
초연함은, 가족은 물론 모든 인간관계에 있어
건강함을 유지하기 위해 꼭 필요한 도구입니다.

완벽한 삶은 없습니다.

완벽한 사람도 없습니다.

자기 자신에게도 실수할 수 있는

권리를 주는 것이

진정한 자기사랑입니다.

상대방에게도 언제든지 실수할 수 있는

권리를 주는 것이

진정한 헌신입니다.

단,

실수 뒤에는

반드시 책임이 따른다는 것,

잊지 마세요.

행복에는 행복의 전염성이 있고
불행에는 불행의 전염성이 있습니다.
침울하고 불만스러울수록
삶은 더욱 침울하고 불만스러워집니다.
그러나 행복한 생각에 몰두하면 몰두할수록
한없이 행복해지는 자신을 느낄 수 있습니다.
남을 비난하거나 비판하고 싶어질 때
오히려 나를 기쁘게 하거나 즐겁게 하는 것들을
생각해보십시오.
한없이 너그러워지고 행복해지는 자신을 만날 수 있습니다.

남을 사랑하고 염려한다면

우리는 불합리한 행동을 할 수 없습니다.

불합리한 행동은 상대방뿐만 아니라

자신에게까지 고통을 가져옵니다.

진정한 사랑과 염려는

고매한 교양이 아니라 상식에서 옵니다.

나무라거나 운다고 해서,

아니면 사정하거나 부탁한다고 해서,

그것도 아니면 비난하거나 비판한다고 해서,

그도 아니면 설득하거나 호소하거나 협박한다고 해서,

다른 사람의 행동과 사고방식이 바뀐 적 있던가요.

아무리 부모 자식 사이라도, 부부 사이라도,

일시적인 멈춤은 있을지 몰라도

진정한 변화와 진정한 멈춤은 없습니다.

읍소와 비난과 설득과 협박 대신에

때로는 초연하게 지켜보는 것이 최고의 무기입니다.

우리는 대부분 고통의 원인을
외부에서만 찾으려고 합니다.
하지만 고통의 진정한 원인은
내 안에 있습니다.
나를 속이고 기만할 때
고통은 홍수처럼 밀려듭니다.
끊임없이 자신을 검토하고
재고 조사하고
점검하는 것만이
고통을 예방하는 최선의 길입니다.

고통을 멈추기 위해 가장 먼저 해야 할 일은
자기 자신을 속이는 일을 멈추는 것입니다.
자신의 결점을 더 이상 덮어두지 않는 것입니다.
자기기만을 멈추고
자신의 결점을 더 이상 덮어두지 않을 때
고통의 바오밥나무는 더 이상 자라지 않습니다.

분노로 분노를 이길 수 없습니다.
비난으로 비난을 이길 수 없습니다.
비난이 나를 휘저을 때
조용하고 태연한 반응은 마술처럼
상대방의 비난을 삼켜버립니다.
비난 앞에서는 항상 조용한 마술사가 되십시오.

비난을 비난으로 대응하지 않을 때 가장 큰 공덕은

적어도 나중에 후회할 만한 말을

하지 않는다는 것입니다.

그 공덕은 또한 지극해서

삶의 품위와 품격을 한층 높여줍니다.

지극함 속에는 연민과 자비가 깃들어있기 때문입니다.

내가 원하는 일이

날마다 이루어지지 않을지라도

내 생각이 변하면

내가 원하는 일도 변합니다.

감사는 내 생각을 변하게 해줍니다.

궁극적인 만족은 없을지라도

만족하고 감사하는 삶을 살 때,

내가 원하는 일은 내가 생각하는 방향으로 흘러갑니다.

모든 해답은 나에게 있습니다.

아무도 나에게 해답을 주지 않습니다.

아무도 내 결정을 대신 내려주지 않습니다.

내 대신 결정을 내려줄 만큼

현명한 사람은 아무도 없으니까요.

내 문제에는 내가 가장 현명한 사람입니다.

초연함은 냉정함이 아닙니다.

초연함은 사랑입니다.

초연함은 벽이 아닙니다.

초연함은 사려 깊은 침묵입니다.

상대방이 무어라하건 감정적으로 말려들지 마십시오.

초연함이야말로 진정한 인내심입니다.

포용과 관용과 결단력입니다.

건강한 삶은

이성적이고 합리적인 판단이 균형을 이룬 상태입니다.

의심할 이유가 하나도 없는 데도

누군가를 계속 의심하고 염려하는 것은

건강한 삶이 아닙니다.

건강한 사고력으로 삶과

주변을 둘러보시기 바랍니다.

아무도 나를 바꿀 수 없습니다.

반대로 그 누구도 내가 변하는 것을 막을 수 없습니다.

심지어 나 자신조차도

내가 변하는 것을 막을 수 없습니다.

자식을, 아내를, 남편을, 친구를, 부모를, 직장상사를

바꾸려하지 말고

먼저 나를 바꾸십시오.

다른 사람들이 변하는 것은

오직 그 사람들의 몫일뿐입니다.

다만 오늘 하루도

나를,

내 삶을,

내 인생을,

살짝 변화시키는 쪽으로

한 걸음 더 내딛기만 하십시오.

행복한 삶을 위한 나의 108계명

1 하루하루에 살자.

2 먼저 할 일을 먼저 하자.

3 지금, 여기에 살자.

4 화내지 말자.

5 충분한 휴식을 취하자.

6 나도 살고 남도 살자.

7 과거의 습관을 바꾸자.

8 항상 선한 마음으로 살자.

9 나에게도 유익하고 남에게도 유익한 일을 하자.

10 외롭지 말자.

11 실천하자.

12 원한을 피하자.

13 범사에 감사하자.

14 독심술론자로 살지 말고 행동주의자로 살자.

15 여유 있게 하자.

16 쫓아가는 삶을 살지 말고 쫓아오게 하는 삶을 살자.

17 감정이 복잡한 일은 피하자.

18 낡은 사고방식을 버리자.

19 새로운 습관을 찾자.

20 성공한 사람에게서 배우자.

21 상식에 맞게 살자.

22 자신에게 맞는 삶의 방법을 찾자.

23 매일을 경건하게 맞자.

24 남을 판단하지 말자.

25 남을 비판하지 말자.

26 웃자.

27 내 행복을 남과 나누자.

28 내 행동에 책임을 지자.

29 어떠한 일이 있어도 남의 비밀은 지켜주자.

30 남을 돕는 것이 나를 돕는 것이다.

41 나를 변화시키는 용기를 갖자.

42 남을 받아들이는 용기를 갖자.

43 평온하자.

44 늘 함께 하자.

45 나로 인해 상처받은 사람의 고통을 생각하자.

46 나보다 더 위대한 힘(하느님, 부처님, 신, 그리스도, 법, 우주, 해, 달, 나무, 별, 바다, 산, 나무, 숲 등 자연과 초자연 등)이 있다는 것을 믿자.

47 할 수 있는 한 나로 인해 고통받은 사람들에게 보상하자.

48 잘못이 있으면 즉시 시인하자.

49 명상하자.

50 매일 규칙적으로 기도하자.

51 피곤하지 말자.

52 무엇이든, 무슨 일이든 긍정적으로 생각하고 받아들이자.

53 쓸모 있는 사람이 되자.

54 쓸모없는 죄의식을 감사함으로 바꾸자.

55 허세를 버리자.

56 자기중심주의를 버리자.

57 자만심을 버리자.

58 독선을 버리자.

59 믿음을 갖자.

60 나도 이 세상의 한 부분임을 잊지 말자.

61 지금까지 내가 받은 축복을 생각하자.

62 어떤 일이든 받아들이자.

63 힘들 땐 친구나 가까운 동료를 찾자.

64 나쁜 말, 험한 말, 욕을 하지 말자.

65 망상을 피하자.

66 나를 극복하는 힘을 키우자.

67 만약은 없다. 만약을 생각하지 말자.

68 변화하는 것을 두려워하지 말자.

69 위대하신 힘의 뜻에 맡기자.

70 밥 먹을 때는 즐겁게 밥만 먹자.

71 내 의지를 시험하지 말자.

72 항상 마음을 열고 살자.

73 매사에 감사하는 습관을 기르자.

74 지나간 일 때문에 슬퍼하거나 두려워하지 말자.

75 조건 없이 살자.

76 내 삶의 경험과 힘과 희망을 함께 나누자.

77 기꺼이 하자.

78 끊임없이 자기검토를 하자.

79 끊임없이 영적인 상태를 유지하자.

80 내 삶의 재고 조사를 지속적으로 하자.

81 정직하자.

82 경청하자.

83 남과의 차이점보다는 공통점을 찾자.

84 남에게 해를 끼치지 말자.

85 불행을 오히려 삶의 기회로 삼자.

86 진지하자.

87 내가 생각하는 나만의 위대한 힘의 뜻대로 살자.

88 더불어 가자.

89 걸리지 말자.

90 때로는 아무것도 하지 말고 그냥 가만히 있어보자.

91 겸손하자.

92 자기연민에 빠지지 말자.

93 할 수 있는 한 보상하고 베푸는 삶을 살자.

94 배고프지 말자.

95 섬기자.

96 남을 변화시키기보다 나를 먼저 변화시키자.

97 지금 이대로의 내 삶이 축복이요, 무한 OK다.

98 남의 삶을 인정하자.

99 나의 고민과 문제를 기꺼이 남과 나누자.

100 나의 잘못과 실수를 기꺼이 고백하자.

101 내가 해를 끼친 사람을 잊지 말자.

102 나에게 고통을 준 이들을 위해 항상 자애의 마음을 일으키자.

103 관용과 용서로 나를 받아들이고 남도 받아들이자.

104 모든 생명 있는 존재들이 행복하고 평화롭기를 기원하자.

105 모든 생명 있는 존재들이 괴로움에서 벗어나기를 기원하자.

106 내가 악의에서 벗어나기를 기원하자.

107 내가 악의에서 벗어나기를 기원하는 것처럼, 모든 존재들이 악의에서 벗어나기를 기원하자.

108 내가 평화롭고 행복하게 살기를 기원하는 것처럼, 모든 존재들이 평화롭고 행복하게 살기를 기원하자.

* 위 108계명 중 많은 항목은 필자도 멤버로 있는 'A. A.(Alcoholics Anonymous, 단주친목) 멤버들의 실천구호'와 '자애명상' 등에서 빌려왔습니다.

맺는 말

행복의 꽃이 피었습니다

제 안에도 행복의 꽃은 이미 피어있었습니다. 그러나 그 행복의 꽃을 찾기까지 저는 너무도 오랜 세월을 헤매고 살았습니다. 볼품없다고 생각한 제 삶 속에도 행복의 꽃은 이미 피어있었지만, 그걸 깨닫지 못해 오랜 세월 당달봉사로 살아왔던 것입니다. '나는 꽃이 아니다' '나는 완전하지 않다' '나는 비참하다' '나는 불행하다'라고 마구 악다구니를 쓰며 50년 세월을 흔들리며 보내왔던 것입니다. 이 책은 그렇게 제 안에 이미 꽃 피어있던 행복의 꽃에 눈 뜬 시간의 기록물입니다.

행복은 사소한 돌멩이 하나로 시작되었습니다. 어느 날, 저의 영적 스승이신 용타 큰스님께서 저에게 작은 돌멩이 하나를 쥐어 주셨습니다. 아무리 봐도 하찮고 볼품없는, 해독하기 어려운 작은 돌멩이였습니다. 그런데도 스승님께서는 제 손에 돌멩이를 꼭 쥐어주며 속삭이셨습니다. "이 작은 돌멩이가 너를 살리고 네 인생을 살리는 기적의 돌멩이가 될 것이다."

볼품없고 하찮은 그 돌멩이를 저는 호주머니 속에 담고 다니며 새까맣게 잊고 지냈습니다. 그렇게 새까맣게 잊고 지내던 돌멩이는 이따금 뾰쪽한 모서리로 제 사타구니를 찌를 뿐 말이 없었습니다. 그렇게 무심하게 보내던 어느 날, 뾰쪽한 돌멩이는 갑자기 기쁨으로 다가왔습니다. 뾰쪽한 돌멩이를 그냥 '뾰쪽한 돌멩이'로 바라보는 순간, 뾰쪽한 돌멩이는 '바른 돌멩이'로 다가왔던 것입니다.

스승님께서는 그 돌멩이의 이름을 '돈망頓忘'이라고 지어주셨습니다. '1) 그냥 있는다. 2) 기초수基礎受를 그대로 수용한다. 3) 아공법공我空法空이니 걸림 없이 그냥 깨어있는 것이 할 일 전부이다.'

정말 그랬습니다. 아무리 둘러보고 따져 봐도 상생과 공생의 연기緣起만 있을 뿐, '나'라고 할 만한 '나'는 없었습니다. 없는 몸과 없는 마음의 육창六窓, 眼耳鼻舌身意에 흐르는 느낌을 느낌 그대로 받아들이는 순간, 저는 저도 공하고 우주도 공하고 공한 것도 공해서 '바로 지금 이 순간 어떤 걸림에도 걸림 없는 자유로움으로, 어떤 장애에도 걸리지 않는 지복함으로' 그냥 존재하고 있는 저의 본 모습을 본 것입니다. 이미 제 안에는 행복의 꽃이 피어있었던 것입니다.

그랬습니다. 저는 태어날 때부터 이미 '행복의 꽃'이었고, '행복의 맑은 물'이었습니다. 스승님께서 가르쳐주신 길을 따라 걸으며, 저는 이미 꽃피어 있는 것들을 발견하기만 하면 되었습니다. 이미 있는 '행복'을 누리기만 하면 되었습니다.

스승님께서 쥐어 주신 돌멩이는 '감사'와 '기분 좋음'이었습니다. '텅 빔空'과 '좋은 느낌'이었습니다. '이미 있고' '이미 이룬' 것을 충분히 누리며 기분 좋게 살면 되었습니다. 그것이 인생이고, 인생의 목표였습니다.

그 개화開花 앞에서 저는 몸을 떨었습니다. 그 걸림 없는 자유로움 앞에서, 시원함 앞에서, 기분 좋음 앞에서 전율을 느꼈습니다. 저는, 저의 돌멩이는, 처음부터 이미 꽃을 가득 피운 채 우주 가득 충만해있었던 겁니다. 그 자유로움, 그 평화로움, 그 시원함은 무엇과도 바꿀 수 없는 절대지복, 절대행복이었습니다.

그것은 버려진 제 인생을 구했습니다. 욕심에서 감사로, 전쟁에서 평화로, 어리석음에서 지혜로, 불행에서 행복으로, 구속과 오염에서 자유와 정화로 볼품없는 제 인생을 맑은 물 위로 끌어올렸습니다.

이제 저는 다시 한번 확신합니다. 존재하는 자체만으로도 저는 이미 99.999퍼센트 행복하다는 것을. 단지 부족한 0.001퍼센트 때문에 그동안 절망하고 불행해하고 아파했다는 것을. 인생의 목적은 결국, 조금 부족한 그 0.001퍼센트의 행복을 찾아 공부하고 결혼하고 취직하고 관계맺음을 형성해가는 것이라는 것을. 제 작은 말 한마디, 작은 눈짓, 작은 손짓 하나가 실은 행복한 삶을 위한 희망의 연금술이었다는 것을, 바로 기적이었다는 것을.

"천하의 주인인 나는(정체),
우리 모두의 행복을 위해(대원),
안으로는 수심을 잘해 마음천국을 이루고(수심),
밖으로는 화합을 잘해 관계천국을 이루고(화합),
세상에 나아가선 작선을 잘해 세상천국을 이루겠습니다(작선)."

– 용타 스님의 〈이상공동체오요(삶의 오대원리)〉 중에서

그렇습니다. 존재하는 자체만으로 우리는 이미 행복이고 사랑이고 감사이고 태양입니다. 꽃입니다. 살면서 겪는 그 모든 시련과 고통과 절망도 실은, 행복한 삶을 깨닫게 하고, 행복의 불꽃을 피우게 하기 위해 미리 부처님께서, 하느님께서, 예수님께서, 알라신께서, 성모 마리아님께서 마련해둔 신의 담금질이었던 것입니다. 우주의 외침이었던 것입니다.

승한 스님의 행복을 부르는 마지막 메시지

1 《좋아 좋아》를 집필하게 된 동기는 무엇인가요?

앞서 이야기했듯 이 책은 지난 2년 동안 매일 아침 〈BBS 불교방송〉 문자서비스를 통해 배달한 '행복을 여는 힐링편지'를 간추려 묶은 책입니다. 하지만 더 깊은 곳엔 제 삶의 힘든 나날을 견디게 해준 '내면의 이야기'를 많은 분과 함께 나누고 싶어 이 책을 집필하게 되었습니다.

2 힘든 날을 겪었다고 하셨는데요. 구체적으로 어떻게 힘든 날들이었는지, 또한 견디게 해준 메시지는 무엇인지 좀 더 자세히 알고 싶습니다.

저 역시 나약한 인간입니다. 초등학교 5학년 때 처음으로 소주를 마신뒤 서른여섯 살 때까지 알코올중독자로 살았습니다. 지금 생각하면 참 암울하고 슬픈 과거입니다. 1993년 6월 17일 알코올중독을 치료하기 위해 정신과병원에 3개월 동안 입원했습니다. 그때부터 지금까지 술을 끊고 있으나, 아직도 한 잔만 마시면 예전의 나로 되돌아가는 여전한 알코올중독자입니다.

한 번 해병은 영원한 해병인 것처럼, 한 번 알코올중독자는 영원한 알코올중독자입니다. 또 어려서부터 양극성장애(조울병)를 앓았고, 그로 인해 고등학교 3학년 때 음독자살을 기도했습니다. 그 뒤로도 끊임없는 자살충동에 시달리며 알코올에 젖어 살았습니다. 도합 일 년 가까이 정신병원에서 폐쇄병동생활을 했고, 마지막으로 입원한 서울아산병원 정신건강의학과에서 그 힘든 'ECT(전기충격치료. 영화 〈뻐꾸기 둥지 위로 날아간 새〉에서 주인공 잭 니콜슨이 받았던 치료)'를 세 번이나 받았습니다. 지금도 서울아산병원 정신건강의학과에 주기적으로 다니며 진료와 상담을 받고 있습니다.

그때마다 용타 스승님의 가르침과 문학(시 쓰기)을 비롯한 명상, 심리상담, 영성수련, 여행 등 저와 제 마음을 붙잡아준 것이 많았지만, 그 중에서도 "좋아 좋아"라는 아주 단순하면서도 사소한 긍정마인드가 제 힘든 마음에 더 많은 용기와 희망을 주었습니다.

3 스님의 말씀처럼 이 책의 제목이기도 한 "좋아 좋아"라는 말이 굉장히 긍정적으로 들립니다. 그렇다면 이 책을 통해 우리 사회에 던지고 싶은 메시지는 무엇인가요?

우리 사회는 지금 넘치는 불만과 넘치는 고통과 넘치는 분노와 넘치는 불행으로 소용돌이치고 있습니다. 그러나 자세히 들여다보면 넘치는 불만과 넘치는 고통과 넘치는 분노와 넘치는 불행은 하나도 없습니다. 그것은 실체가 아니라 우리들의 주관적인 관념과 염체念體일 뿐입니다. 《좋아 좋아》를 통해 제가 우리 사회에 던지고 싶은 메시지는 그런 실체가 없는 불만, 고통, 분노, 불행을 깨끗이 씻어내고 본래의 행복과 평화를 찾아가자는 것입니다.

4 그럼 《좋아 좋아》는 어떤 사람에게 어떻게 읽히면 좋을까요?

청소년은 물론 모든 어른들이 함께 읽었으면 좋겠습니다. 철들기 전부터 우리들은 대부분 불만과 분노에 젖어 살기 때문입니다. 부모로 인해, 자녀로 인해, 배우자로 인해, 친구로 인해, 이웃으로 인해, 사회로 인해, 재산으로 인해, 권력과 명예로 인해, 채워지지 않는 욕망과 쾌락으로 인해 분노하고 갈애에 젖어있는 사람들에게 이 책이 화를 웃음으로, 욕심을 보시로, 굴종을 섬김과 봉사와 헌신으로 바꿔주는 나침반이 되어주리라 확신합니다.

5 스님의 이력 또한 독특하게 다가옵니다. 언론사 기자 생활을 오래 하셨고, 출판사 설립도 하셨더군요. 또 자녀 교육에도 힘쓰고 계시고, 앞서 말한 알코올중독자들을 위한 치료에도 힘쓰고 계십니다. 그 중 시인으로 등단했다는 부분이 유독 눈에 띕니다. 이렇게 여러 직업을 거쳐 출가를 결심하게 된 이유도 궁금합니다.

저는 13년간 신문기자로 일하기도 했고, 문학에 목말라 문학전문출판사를 직접 설립하기도 했습니다. 하지만 그 모든 일들이 알코올중독과 극심한 우울증으로 인해 이어나가기가 힘들었지요. 알코올중독과 양극성장애(조울병)로 인해 피폐된 영혼과 마음을 재건하기 위해 수많은 영성수련과 심리상담에 참여했고, 그 과정에서 젊은 날 스승이셨던 용타 큰스님을 16년 만에 다시 만나 많은 구원을 얻게 되었습니다. 하지만 극심한 우울증은 좀체 나아지지 않고, 그 회색 죽음의 굴레에서 벗어나기 위해 이 산 저 강 떠돌며 영성수련과 마음공부를 계속 하던 중, 모든 것이 내 욕심(탐심)과 번뇌가 빚어낸 것임을 알고 출가를 결심했습니다.

돈과 명예와 권력과 욕망을 벗어놓고 나니 그렇게 자유롭고 시원할 수가 없었습니다. 출가한 이후에는 저와 같은 알코올중독으로 괴로워하는 사람, 우울증과 조울병으로 힘들어하는 사람들의 치료를 돕고 있고요. 자녀 교육에도 힘을 쏟고 있습니다.

문학 또한 어린 날부터 알코올중독과 조울병으로 흔들리는 저를 붙잡아준 구원물 중 하나입니다. 1986년 서울신문 신춘문예에 시가 당선된 이후 알코올중독과 조울병으로 암흑 같은 시기를 보내다 20년 후인 2007년 조선일보 신춘문예 동시부문에 〈햇빛 박물관〉이라는 작품을 투고해 당선되기도 했습니다. 〈햇빛 박물관〉은 당시 극심한 우울증으로 방황하던 저에게 큰 구원을 주었습니다.

6 스님이 정진하시는 화두는 무엇이며, 요즘 사람들에게 주고 싶은 화두는 무엇인가요?

두말할 것도 없이 '우리 모두의 행복'입니다. 나 혼자만 행복해서는 진짜 행복할 수 없습니다. 다른 사람도 함께 행복해야 그 행복 속에 진정한 나의 행복도 있습니다. 그들의 행복 속에 나의 행복이 있고 나의 행복 속에 그들의 행복이 들어있기 때문입니다.

7 마지막으로 독자들에게 전하고 싶은 말이 있나요?

인사불성으로 술에 취하기도 여러 날. 초등학교 때부터 고등학교 때까지 일곱 번이나 가출을 하고 음독자살을 기도한 제 이야기를 사실 그대로 들려주는 것만으로도 아픔을 갖고있는 사람들은 저에게 마음의 문을 열고 다가옵니다. 제가 곧 그들임을 알고, 제가 곧 그들과 다르지 않음을 그들 스스로 느끼기 때문입니다.

저 역시 힘든 날을 보냈고, 지금도 어려움을 헤쳐 나가고 있습니다. "좋아" 하고 제 안의 저에게 속삭이는 순간, 진짜 삶이 좋아지고, 진짜 좋은 삶의 파장과 에너지가 마음 깊이 울려 퍼지는 것을 느낍니다. 제가 먼저 상처를 받아보았으니 사람들이 말하지 않아도, 그들이 받은 상처의 깊이와 고통의 무게를 충분히 짐작할 수 있습니다. 제가 그들과 함께 나눌 수 있는 것은, 고통과 절망의 나날을 직접 겪고 헤엄쳐 나오면서 온몸과 마음으로 느끼고 깨달은 경험과 체험입니다. "좋아 좋아"라고 생각하면 정말 모든 것이 좋아집니다. 이 책을 통해 상처받은 모든 분이 조금이나마 함께 행복해지면 좋겠습니다. 함께 좋아지면 좋겠습니다.

좋아 좋아

글 승한

1판 1쇄 인쇄 2016년 1월 5일
1판 1쇄 발행 2016년 1월 11일

발행인 신혜경
발행처 마음의숲

대표 권대웅
편집 송희영, 김보람
디자인 고광표
마케팅 노근수, 황환정

출판등록 2006년 8월 1일(105-91-03955)
주소 서울시 마포구 동교로 144-13(서교동 463-32, 2층)
전화 (02) 322-3164~5 | 팩스 (02) 322-3166 | 페이스북 facebook.com/maumsup
ISBN 979-11-87119-00-5 (03810)

값은 뒤표지에 있습니다. 저자와 협의하여 인지를 생략합니다.

잘못 만들어진 책은 구입하신 곳에서 교환해드립니다.

마음의숲에서 단행본 원고를 기다립니다.
따뜻하고 생동감 넘치는 여러분의 글을 maumsup@naver.com으로 보내주세요.

이 도서의 국립중앙도서관 출판시도서목록(CIP)은 e-CIP홈페이지(http://www.nl.go.kr/ecip)와 국가자료공동목록시스템(http://www.nl.go.kr/kolisnet)에서 이용하실 수 있습니다.
(CIP제어번호: CIP2016000152)